reverso

Karen Alvares

1ª edição

Editora Draco

São Paulo

2016

Karen Alvares
Conta histórias para o papel há tanto tempo que nem lembra quando começou. Autora da duologia *Inverso* (2015) e *Reverso* (2016), do romance *Alameda dos Pesadelos* (2014) e organizadora de *Piratas* (2015), foi também publicada em revistas e antologias de contos como *Boy's Love - Sem preconceitos, sem limites* (2015), *Dragões* (2012) e *Meu Amor é um Sobrevivente* (2013), e premiada em concursos literários nacionais. Apaixonada por mundos fantásticos, histórias de terror, chocolate e gatinhos, vive em Santos/SP com o marido e cria histórias enquanto pedala sua bicicleta pela cidade. Blog papelepalavras.wordpress.com Twitter e Instagram @karen_alvares

Publisher: Erick Santos Cardoso
Edição: Ana Lúcia Merege
Produção editorial: Janaina Chervezan
Capa: Ericksama (sobre imagem "Portrait of wet girl under the spray of water near the mirror" de Bigstock)

Dados Internacionais de Catalogação na Publicação (CIP)
Ana Lúcia Merege 4667/CRB7

A 473

Alvares, Karen
Reverso / Karen Alvares. – São Paulo : Draco, 2016.

ISBN 978-85-8243-176-4

1. Ficção brasileira I. Título II. Série

CDD 028.5

Índices para catálogo sistemático:
1. Ficção : Literatura brasileira 869.93

1ª edição, 2016

Editora Draco
R. César Beccaria, 27 – casa 1
Jd. da Glória – São Paulo – SP
CEP 01547-060
editoradraco@gmail.com
www.editoradraco.com
www.facebook.com/editoradraco
Twitter e Instagram: @editoradraco

reverso

Para minha irmã.
Quando a gente se abraça, é como se ela estivesse aqui.

Capítulo um - Consequências

É só você me dar sua vida em troca.

Só isso.

Os lábios cor de rosa de Megami se mexiam devagar, mas Megan ouvia as palavras em sua cabeça, como se as adivinhasse, como se viessem de dentro de si mesma.

Ela está aqui. Você vai abandoná-la?

E Megan viu, claramente, o rosto de sua mãe. Ela estava um pouco atrás de Megami, observando-a com os olhos tristes. Não parecia mais a mãe de Megami, mas a sua.

Tudo o que você precisa fazer é atravessar o espelho mais uma vez.

É só você me dar sua vida em troca, Megan.

Só isso.

Megan abriu os olhos, assustada. Onde estava? Olhou desesperada para os lados, esperando ver um mundo cor de rosa e pôsteres de filmes que detestava, mas deu de cara com a sua plaquinha *Keep Calm I'm The Doctor.*

Esperava sentir qualquer outra coisa – alívio, alegria; tinha dado certo, afinal, estava livre de Megami –, menos aquele vazio.

Um leve torpor tomava conta de sua cabeça e seu corpo, como se tivesse feito muito exercício e apenas uma noite de sono fosse pouco para se recuperar. Ao mesmo tempo, havia aquele... silêncio. O silêncio em sua mente, pelo qual ela tanto ansiara todos aqueles dias. E agora...

Agora tudo parecia estranhamente vazio.

Ela olhou para o lado e viu que a cama de Mina estava vazia. Apanhou o celular na cabeceira e ligou o visor. Quase meio-dia. Dormira demais.

Sentou na cama e o movimento fez sua cabeça girar. O mundo se tornou borrado e inconstante por alguns longos e angustiantes minutos. Era como se estivesse de ressaca. Não que já tivesse passado por uma, mas imaginava que fosse assim. Esperou alguns instantes, sentada, até que fosse seguro levantar.

— Pai? – chamou, hesitante, assim que deixou o quarto. Renato não respondeu, mas ela ouvia o som da televisão baixinho na sala. – Pai, você tá aí?

A pessoa que Megan encontrou na sala quase a fez ter um ataque do coração.

— Credo! Assim você me mata de susto, Daniel! O que tá fazendo aqui?

Daniel, que estava entretido assistindo a um programa de *games* na tevê, virou-se para Megan com um olhar que dizia "isso não é óbvio?". Ele ergueu as sobrancelhas grossas e retrucou naquele seu tom sarcástico de costume:

— Bom dia pra você também, Meg. Vejo que levantou amável e bem humorada, como sempre.

Daniel se levantou, meio divertido, meio sério, colocou as mãos na cintura como Peter Pan e disse:

— E aí, 'bora tomar o segundo café da manhã?

— Daniel... Espera aí que não tô entendendo nada. Cadê meu pai, o que você tá fazendo aqui e, oi, você tem um verme no estômago?

Ignorando a confusão de Megan, Daniel se enfiou na cozinha, abriu a geladeira e começou a pegar várias coisas lá de dentro. Leite, manteiga, iogurte, suco de laranja, presunto, queijo, as coisas simplesmente não paravam de sair. Megan se deixou cair na cadeira, observando a mesa encher. Enquanto apanhava o pão de forma em cima do micro-ondas, Daniel desembestou a falar:

— Seu pai foi pra praia com a sua irmã. Eu estou aqui porque combinei ontem de encontrá-la e sabia muito bem que você não ia me ligar, então apareci. Sou um amigo exemplar, pelo que pode ver. E seu pai falou que eu poderia comer por aqui o quanto quisesse, ok? Então não me enche o saco, sou um *hobbit* em fase de crescimento.

Ele coroou a frase depositando teatralmente os cereais na mesa e sentando-se. Parecia um café da manhã de hotel.

— Desde quando tem tudo isso pra comer no café da manhã?

— Ah, fui no mercado comprar umas coisas. – Daniel deu de ombros. – Seu pai autorizou, até me deu dinheiro! E como o teu aniversário tá chegando, ele me disse que já queria começar a te agradar — e o que pode ser melhor que comida, não?

Megan torceu o nariz ao ouvir falar de seu aniversário. Gostava da data tanto quanto curtia o Natal. Ou seja, era tudo uma grande porcaria. Todas aquelas datas que deveriam ser boas, mas agora eram ruins, aconteciam em dezembro.

— Daniel, o aproveitador de pais bonzinhos – resmungou, servindo-se de suco, quase se esquecendo do que tinha acontecido quando Megami aprontara das suas naquela festa estúpida do outro lado do espelho. Mas então Daniel sorriu e ela se lembrou do seu rosto no dia anterior, tão próximo do dela, e de tudo que tinha acontecido...

E foi aí que ela engasgou com o suco, completamente sem graça.

— Eita, Meg, não vai com tanta sede ao pote, você não tem o tanto de experiência que eu tenho pra comer. É preciso prática e muita técnica, sabia? – Daniel disse muito sério, dando tapinhas nas costas da garota.

Ela aproveitou que estava tossindo várias vezes para não ter que falar, muito menos olhar para Daniel. Sentia-se quente, embaraçada, e sabia que ele jamais poderia notar todas aquelas coisas. Jamais.

Além do mais, aquilo não tinha acontecido *entre eles*, mas sim entre o *outro* Daniel e Megami. O Daniel que estava sentado à sua frente, devorando um misto quente duplo, feliz da vida, não era o mesmo que falara aquelas coisas para Megan. Não era o mesmo Daniel que ela havia beijado.

Não, você não o beijou, Megan. Foi a outra.

Fui eu, Megan!

Ela quase ouviu a risada estridente de Megami em sua cabeça. Era melhor parar de pensar nisso ou a dor retornaria.

— Então, seu pai me contou uma história, Meg... – Daniel começou a falar com um ar divertido, enquanto passava manteiga em uma bisnaguinha. Megan se assustou, pensando que o amigo poderia, de alguma maneira impossível, ter descoberto sobre o bei... Sobre aquilo. – Ele disse que você tomou um tombo por causa de uma barata!

Megan suspirou de alívio, forçando um sorriso sem graça. Tomou mais um gole de suco só porque não sabia o que fazer com as mãos.

— Foi, foi... Eu sou uma panaca mesmo, me julgue.

— Tonks! Tem até o cabelo!

Daniel gargalhava. A garota bufou, irritada. Ok, ele estava quase fazendo com que ela esquecesse seu constrangimento anterior e agora estava se tornando apenas irritante. Foi quando Daniel, parando de rir, transformou subitamente a expressão de seu rosto em uma carranca séria e preocupada.

— Ele disse que você estava no quarto da sua mãe. Quer dizer, no quarto dele. Enfim, *lá*. – Ele inspirou profundamente, parecendo buscar as palavras certas. – Meg, é onde está o espelho, né?

Pronto, aí estava. Ele provavelmente estava dando todas aquelas voltas apenas para chegar àquele assunto. O espelho... E Megami.

— Megan... você estava, você sabe... Do outro lado?

A garota refletiu por alguns instantes, mastigando uma bisnaguinha. Ele não poderia descobrir, poderia? Era só ela contar *todo o resto* e omitir *aquilo*. Não fazia sentido inventar uma mentira, ela só precisava deixar de falar algumas coisinhas.

— Foi, eu estava lá.

— Megan! – Daniel a censurou. – Você não pode mais ficar voltando naquele lugar!

— E exatamente por quê, Daniel?

— Porque é sinistro! Porque essa mina é doida! Pera, tu é tu mesma, né? Ou tu é ela? – Ele colocou as mãos nos ombros de Megan, sacudindo-a. – Megan, cê tá aí? É você? Chuta a bunda dessa maluca, Meg!

— Daniel... Calma, Dan, calma! – Megan o afastou, tentando acalmá-lo. Daniel parecia verdadeiramente assustado. – Sou eu aqui, Megan.

— E como raios vou ter certeza disso?

Megan suspirou, cansada, e se recostou na cadeira. Brincou com o restante da bisnaguinha no prato. Estava sem fome alguma. Aquilo era estranho, mas talvez fosse bom também. Estranho porque ela comia até demais, bom porque talvez a ajudasse com sua dieta.

— Ah, Dan, sei lá... Me pergunta qualquer coisa aí.

— Hum... Com qual personagem você joga Super Mario Bros.?

Megan revirou os olhos.

— Com o Luigi, claro. O Mario é um clichê. Bigodudo idiota.

— O Luigi também é bigodudo, tonta – Daniel retrucou, como sempre fazia. Parecia apenas um pouco mais aliviado, mas ainda não estava convencido. – Qual o nome do seu guitarrista preferido do Aerosmith?

— Pff... Joe Fucking Perry. Daniel, isso é ridículo!

— Não é não, você mesma disse que a *outra* era uma patricinha sem conhecimentos nérdicos. E que ela gostava de Justin Bieber e da Kate Perry!

— Eu não disse isso! – Megan retrucou, sentindo-se estranhamente ultrajada. Será que Megami gostava do Bieber? A sua outra versão ou o que quer que Megami fosse não poderia gostar desse cara. – Ela é mais do tipo... Sei lá, Beyoncé.

— Ok, lá vai uma difícil, hein?

— Manda.

— O que o Dumbledore disse para o Harry no final da Pedra Filosofal?

— Argh, Daniel, eu não vou ficar decorando o que aquele velho biruta diz em todos os livros!

— Não fala assim do Dumbledore!

— Eu falo, detesto o cara.

— Ok, mas você disse que gostou da frase dele.

Megan bufou longamente:

— *"Para a mente bem estruturada, a morte é apenas a aventura seguinte."*

Daniel bateu palmas, entusiasmado.

— Ok, você é você, Meg. Agora tenho certeza.

Megan não via como aquilo poderia provar coisa alguma, mas era um alívio que Daniel não fosse mais pegar no seu pé. Mas é claro que ele ia.

— Mas como vou saber que ela não tomou você...? Assim, do nada?

— Argh, não usa essa palavra. Parece coisa d'*O Exorcista*, que eu tô possuída e vou virar a cabeça 360 graus, sei lá.

— Ué, mas é meio parecido.

— Daniel, minha vida não é um filme B de terror!

— Mas como é que vou saber? Em *Pânico* eles não sabiam. Ou sabiam?

Megan afastou o prato. Simplesmente não conseguia mais engolir o pão.

— Ok. Eu acho... Acho que Megami se foi, talvez pra sempre.

Como estava na cara de Daniel que ele não estava acreditando em nada daquilo, Megan continuou:

— Talvez eu tenha me livrado dela.

Daniel a incentivou a continuar, então Megan contou parte da história, tomando cuidado para não contar nada que levasse a algo sobre a festa ou sobre... o beijo. Contou que elas brigaram, que Megami estava furiosa por Megan ter contado tudo a ele. Contou até mesmo que Megami planejava trocar de vida com ela, assumindo a sua deste lado do espelho.

— Ela disse que quer a minha vida porque... – Aquilo parecia absurdo dito em voz alta. Por que Megami poderia querer uma coisa dessas, afinal? – Porque aqui não tem a minha mãe.

— Peraí, ela quer que a sua mãe, quer dizer... A mãe dela, sei lá, ela quer que a mãe esteja morta? – Ele soltou um palavrão. – Eu admito que também tenho problemas com meus pais, mas isso já é absurdo.

— É... Sei lá... Elas não se dão muito bem. É estranho estar lá, Daniel – Megan confessou. – É triste estar tão perto da minha mãe e sentir que ela me odeia.

— Ela não pode te odiar, Meg. Sua mãe era muito bacana. Ela fazia bolinhos de chuva pra mim, lembra?

Megan riu tristemente com a lembrança. Era verdade, mas sua mãe fazia várias outras coisas também quando Daniel estava lá. Bolo, torta de pão de forma, brigadeiro, empadinha... Ela ficava tão feliz ao ver Daniel, Megan e Mina se empanturrarem com sua comida. Mina era pequenininha naquela época, provavelmente nem se lembrava direito disso. Era triste que Mina não se lembrasse da mãe como Megan; a garota sentia como se estivesse roubando algo precioso da irmã.

— Você acha que ela vai mesmo ficar do outro lado, Meg? – Daniel perguntou, ainda assustado. – Megami, quero dizer. Ela parece insistente.

Aquela poderia ser uma das palavras para descrevê-la, mas Megan ainda preferia *maligna*.

— Não sei, Dan... – Megan respondeu com sinceridade. – Eu não a sinto dentro de mim, mas sei que ela está lá, quer dizer, do outro lado, entende? Eu a vejo... nos espelhos.

Daniel tremeu os ombros, arrepiado.

— Credo, Meg, isso é *muito* sinistro.

Megan deu de ombros, perdida em pensamentos.

— Será que, se eu olhar um espelho junto de você, vou vê-la também? – Daniel perguntou de repente. Megan se virou para ele. De alguma maneira, aquela ideia a assustava; ela se lembrou da noite anterior, quando o reflexo do seu pai tinha desaparecido do espelho. O que será que ela veria refletido no espelho se Daniel estivesse ao seu lado?

— Não quero que você faça isso, Daniel.

— Por que não? De repente a gente tem alguma resposta, sei lá.

— Não – ela retrucou, olhando firmemente nos olhos dele. – Prometa que não vai fazer isso, prometa que não vai arrumar alguma maneira de fazer isso, ok?

Ela não sabia por que tinha tanto medo. O que será que veria? Será que o reflexo de Daniel desapareceria do espelho também, como acontecera com seu pai? Ou então ela veria Daniel e Megami se beijando? Ou coisa pior? O que poderia ser pior?

Megan sentiu um arrepio na espinha e uma pontada na nuca. Levou as mãos até lá por puro reflexo. *Sempre existe algo pior,* sua mãe dizia. Ela não fazia a mínima ideia do que poderia acontecer e isso a enchia de medo. Só sabia que seria algo ruim. Na verdade, tinha certeza disso.

— Por que você levou a mão à nuca, Megan? – Daniel perguntou de repente.

— Ah, sei lá – a garota respondeu, meio perdida, tirando a mão dali rapidamente. – Que pergunta sem noção, Daniel.

Mas a expressão dele era novamente séria.

— Tu vai no médico segunda, né?

— Já disse que vou, droga! Mas não tenho nada, vocês vão ver! E não me olha com essa cara!

— Humpf – Daniel resmungou, levantando-se e começando a recolher os pratos.

E então, depois de um tempo, como se nada tivesse acontecido:

– Tu vai comer isso? – ele perguntou, apontando para o resto da média[1]. Megan apenas deu de ombros. Daniel enfiou o pão inteiro na boca. – Olha, não precisa ficar brava, só acho que você tem que cercar a coisa por todos os lados, entende?

— Você quer dizer que tudo isso que tô te contando não é real? Que tudo é fruto da merda de um tumor no meu cérebro, é isso?

— Eu não falei nada disso, Megan – Daniel respondeu, irritado, e começou a guardar coisas na geladeira. – Só acho que o certo é ir ao médico.

— Mas eu já disse que vou! O que mais vocês querem de mim, cacete?

— Ok, então não se fala mais nisso.

— Ótimo.

Megan cruzou os braços, emburrada, olhando para qualquer lugar da cozinha que não fosse o amigo. Porém, quando Daniel veio recolher seu prato, suas mãos se tocaram levemente. Daniel sorria, e Megan sentiu o coração pular dentro do peito. O rosto dele estava bem próximo ao seu, um pouco acima, e ela pôde ver muito bem o contorno dos seus lábios, sentir seu cheiro de sabonete... Recuou

1 Você leu *Inverso*, então deve se lembrar: pão francês é chamado de "média" na cidade de Santos. Coisa de santista, como o "tu errado" que o Daniel tanto fala!

na cadeira, assustada, sentindo o rosto corar e as pernas bambas. De repente perdera a fala.

— Que foi? – Daniel perguntou, ainda sorrindo. – Você parece que viu um fantasma, Meg.

Ela rapidamente afastou a mão. Assim que o contato da pele dele na sua se foi, algo se tornara quebrado, vazio.

— Meg? Megan, que foi?

— Nada... Nada. Tá tudo bem.

Mas Megan não precisava ser nenhuma adivinha para saber que Daniel não acreditara em suas palavras.

Capítulo Dois – O Pior Dia

Não sei o que fazer. Não sei mais a quem mais recorrer.

Médicos? Terapeutas? Deus?

Agora tenho certeza que existe realmente esse... Essa coisa horrível aqui dentro, e preciso arrancar isso de mim. Não posso mais despejar tristezas e preocupações no Renato, já basta o que ele tem. Não quero demonstrar o quanto estou despedaçada. Já fiz isso e só piorou a situação. Ele não merece isso, as meninas não merecem. Renato não pode perder a esperança, muito menos a vontade de viver; ele ainda tem um longo e difícil caminho pela frente e, provavelmente, ele o enfrentará sozinho.

Não estarei mais aqui por ele. Não estarei mais aqui pelas minhas filhas.

Me dói tanto imaginar isso. Renato e as meninas... Sozinhos. É um quadro que jamais consegui pintar em minha mente, mas agora ele se constrói cada vez mais nítido e me apavora.

Megan tem apenas dez anos. E Mina? Mina só tem três aninhos... Elas são tão novas para crescerem sem uma mãe por perto. São só crianças! Isso não deveria estar acontecendo. Isso não pode estar acontecendo.

Mas a dor me relembra todos os minutos que é, sim, real. Tudo isso é real, não um mero pesadelo, horroroso, mas do qual a gente ainda pode acordar.

É tudo culpa daquele lugar. Se ao menos tivesse algo que eu pudesse fazer, algo que pudesse tentar... Mas não consigo sequer olhá-lo. Desvio o olhar daquele objeto maldito como fugi por tanto tempo dessa terrível realidade.

Sou uma covarde.

É difícil acreditar que estou passando pela mesma situação que minha mãe passou quando eu era adolescente. Quando esse ciclo vai terminar? Ele precisa *de um fim.*

Fiquei dois dias inteiros deitada no quarto, com as cortinas fechadas, de costas para aquilo, que ainda me chamava, eu sentia... Isso foi quando o médico deu o diagnóstico. Não me orgulho disso. Foi covardia. Sou uma covarde, já disse. Repeti a mim mesma que precisava disso, que merecia chorar tudo o que quisesse, mas é mentira. Não tenho esse direito. Não posso me afundar, não posso desperdiçar o pouco tempo que possuo.

No primeiro dia fiquei sozinha, gritei com Renato, gritei com minhas filhas, chorei. Eles me deixaram em paz depois disso. Renato, que sempre foi e continua sendo um homem maravilhoso, um homem que não mereço, me abraçou à noite, na cama, e chorou junto comigo.

No segundo dia, Megan e Mina entraram no quarto de mansinho quando chegaram da escola. Mina se aconchegou próxima ao meu peito, um de seus bracinhos pequeninos sobre minha barriga. A princípio, tive a vontade vergonhosa de tirar sua mãozinha de lá – tudo me incomodava. Mas depois pensei: como posso estar incomodada com a proximidade da minha filhinha? Já Megan se deitou onde seu pai se deita, a mão estendida timidamente até a minha, tocando-a de leve, como se temesse que eu a rejeitasse novamente. Elas dormiram comigo por toda a tarde.

Gostaria de gravar essa lembrança para sempre, por isso quis escrevê-la, afinal está cada vez mais próximo o dia em que minhas memórias vão simplesmente evaporar no vazio do universo. É isso que a vida é no final: um vazio, um buraco negro. O médico mesmo disse. Ele falou como se tudo fosse muito normal: disse que posso começar a ficar confusa, que terei dificuldade em alguns movimentos, talvez até mesmo para falar, ler, escrever... Falou tudo isso como se estivesse me explicando como sair da Santa Casa e chegar até o bairro do Gonzaga. "É só seguir reto toda a vida até o final dela." E então... Acabou. Só de pensar nisso um pânico toma conta de mim e tenho vontade de parar o tempo agora mesmo. Será que vai chegar o dia que não vou reconhecer minhas filhas? Que não vou conseguir mais abraçá-las?

E o dia em que não estarei mais aqui?

Hoje foi o pior dia da minha vida. Mas sei que o pior mesmo – o fim – ainda está por vir.

Preciso viver.

*

Megan torcia as mãos sobre o colo. Estavam suadas, apesar de o ar-condicionado aparentemente estar ligado no talo. Ela já tinha aberto e fechado várias vezes o livro que Daniel lhe emprestara, porém a cada vez as palavras se embaralhavam como numa sopa de letrinhas, e por fim desistiu. Tinha que se lembrar de pegar aquele livro quando estivesse calma, o que ultimamente era nunca.

Aumentou um pouco mais o volume do celular. Não queria deixar que nenhum daqueles sons de consultório – as cadeiras de rodas sendo arrastadas, as tosses secas, as preocupações sussurradas, o *ding dong* da campainha de senhas chamando o próximo paciente – penetrasse em seu ouvido. Eles traziam lembranças demais. Era melhor ouvir os gritos de *Crawling*.

Tudo bem que ela tinha concordado em ir a essa consulta estúpida, que no final não serviria para nada – ela sabia muito bem qual era seu problema *de verdade* –, mas agora que estava ali queria sair correndo. Não conseguia evitar: estava ansiosa e preocupada, por mais que quisesse com todas as forças não se abalar, por mais que soubesse exatamente o que estava acontecendo.

É isso que os médicos fazem com você: eles te deixam preocupado, confuso, com medo. São profissionais do medo. Não existe temor maior que descobrir que alguém que você ama está doente e pode ir embora: sem volta, sem adeus. Porque não existe adeus de verdade na morte. Ela é a interrupção seca, abrupta e cruel na vida uma pessoa. Na verdade, na vida de várias.

Megan estava inspirando fundo várias vezes, de olhos fechados, quando sentiu a aproximação de alguém. Olhou para cima e viu o pai com dois copos de café, um em cada mão. Ela forçou um meio sorriso agradecido e pegou um dos copos.

— Obrigada, pai.

Renato se sentou a seu lado. Ela estava tão distraída que nem notara que ele tinha levantado e caminhado até a máquina de café. Tentou não olhá-lo, não queria que ele percebesse seu nervosismo. Tomou um gole do café. Estava bem doce e forte, como ela gostava; o pai sempre acertava. Ela o ouviu dando um gole ruidoso em seu próprio café. Ele encarava um ponto fixo qualquer na parede, como se visse várias outras coisas.

— Tá tudo bem, filha?

Megan não respondeu com palavras, apenas acenou com a cabeça. Achava que se engasgaria com o café se tentasse abrir a boca.

— Durante esses quatro anos, já vim aqui nesse mesmo médico com a Mina, já me consultei também com o meu... Mas nunca estive no médico com você, Meg. – Ela sabia que ele a encarava. – Filha, estou falando com você, pode tirar os fones?

Sabendo que não poderia mais fugir da conversa, ela arrancou os fones de ouvido sem conter um bufo de irritação. Viu o pai revirar os olhos.

— Não precisa agir de um jeito *tão* adolescente, Megan.

— Mas eu tenho quatorze anos, pai. Vou fazer quinze mês que vem. *Eu sou adolescente.*

— É, mas você é muito mais madura que essa atitude.

Megan revirou os olhos. Ele tinha mesmo que entrar naquele assunto? Tinha mesmo que remexer naquilo? Ela não queria pensar na mãe, não mais do que já estava pensando. Trouxera uma bolsa transversa surrada que levava para sair, com a desculpa de que continha um livro para se distrair na espera, mas sabia muito bem que havia outra coisa dentro da bolsa: o diário de sua mãe.

Ela lera uma das primeiras páginas naquela manhã. Não deveria ter feito isso, fora doloroso demais. Talvez por isso tenha ficado tão neurótica com a consulta. Ela estava *bem*, não precisava se preocupar; os problemas que tivera na semana anterior eram só por causa do outro lado do espelho. E Megami. Mas agora que ela estava longe de lá, evitando encarar seu reflexo em qualquer coisa – desde o fundo da xícara até a lataria encerada do carro do pai –, sentia-se melhor. Sentia-se sim. Tivera alguns problemas para dormir, algumas pequenas dores de cabeça, um pouco de tontura no sábado e de jeito nenhum conseguia se concentrar em leituras, mas isso tudo era ansiedade. Ela estava bem.

Faltara à escola aquela manhã. Daniel prometera pegar todo o conteúdo para ela, mesmo que não tivesse pedido. E ele anotaria *tudo* mesmo, do jeito que era nerd. O pensamento a fez sorrir sem perceber. Pelo menos estava perdendo a aula de biologia.

— A gente não podia ter ficado tanto tempo sem ir ao médico – Renato dizia. Megan despertou de seus devaneios e olhou para o pai. – Foi uma insensatez.

— Mas eu não fiquei doente todo esse tempo, pai.

Era verdade. Um resfriado aqui e acolá, nada além. Megan simplesmente não ficava doente. Diferente de Mina, que naqueles anos passara por uma virose e uma intoxicação alimentar e vomitara por dias. Megan detestara aquela época: a irmã parecia ainda menor, tão frágil, tão magrinha.

— A gente não tem que ir ao médico só quando está doente – o pai retrucou. – Ainda mais você e Mina, que têm uma história por causa da sua mãe.

Pronto, ele tinha conseguido. Chegara ao assunto. Será que era tão difícil parar de falar daquilo? Além do fato óbvio de ser uma merda não ter mãe, uma das coisas mais enervantes de tê-la perdido com a droga de um câncer no cérebro era que nem Megan ou Mina jamais podiam ter uma mínima dor de cabeça: qualquer coisa era motivo para seus cérebros estarem derretendo.

— Pai, eu estou bem – Megan disse pausadamente, enfatizando cada palavra. – Estou ótima. Isso é só uma consulta de rotina, você mesmo disse.

Mas ela sentia, no fundo, que essas palavras também eram para convencer a si mesma.

— Eu disse, e se Deus quiser isso não é nada – o pai soava naquele momento exatamente como a mãe de Megan. Marina era uma mãe zelosa e extremamente preocupada, às vezes até sufocante. Megan se lembrava disso, dividida entre o carinho e a irritação: tanto cuidado para nada. No final, ela tinha ido embora e deixado as filhas para trás. – Mas a gente vai ter que fazer mais essas consultas daqui pra frente. Precisa, Megan, você sabe que precisa.

— Tá bem, tá bem, a gente pode falar sobre isso depois dessa primeira consulta de hoje?

Antes que Renato respondesse, eles ouviram novamente aquele barulhinho irritante das senhas. O pai olhou para o papel em sua mão e se levantou depressa.

— Vamos, filha, somos nós.

Megan se levantou, praticamente se arrastando. O estômago revirava. *Isso não é nada*, disse a si mesma. Só uma consulta, nada mais. As pessoas vão ao médico direto. É normal. Nada alarmante, certo?

A médica não era jovem nem velha, talvez tivesse a mesma idade que teria sua mãe se estivesse viva. Era meio rechonchudinha, tinha bochechas rosadas e proeminentes, e seus olhos escuros pareciam sorrir. Em um crachá no peito estava escrito: "Marcela Arantes – Médica Pediatra". Megan odiava aquele termo, pediatra. Parecia tão infantil.

Era incrível que ela e Mina consultassem a mesma médica. Quer dizer, ela só tinha visto aquela médica uma ou duas vezes, por causa de Mina, mas mesmo assim. Olhou meio emburrada para ela, desesperada para detestá-la, mas era meio difícil quando a mulher não parava de sorrir com aquelas bochechas rosadinhas e o olhar doce, quase materno. Golpe baixo. Megan queria dizer que aquilo era uma grande sacanagem, um truque para conquistar as criancinhas, mas achou melhor se conter.

Renato e Megan se sentaram nas cadeiras de frente para a mesa da doutora. Havia ali montes de guias de planos de saúde empilhadas, de várias cores, canetas, um receituário, um computador e um porta-recados da *Hello Kitty*, cheio de papeizinhos coloridos. Atrás dela, na parede branquíssima, um diploma emoldurado e vários cartazes sobre vacinas e doenças, todos cheios de desenhos. Um deles era com a Mônica e o Cebolinha, informando sobre meningite. O outro era do Zé Gotinha, ela se lembrava dele e de como Mina tinha se agarrado às pernas do mascote quando tomara a vacina contra poliomielite; nem precisava, Megan já tinha dito a ela, a vacina até que era gostosinha, e não deu outra, Mina queria outra gotinha depois da dose.

Doutora Marcela cruzou uma mão sobre a outra, ainda sorrindo. Deu uma espiadinha de canto de olho no computador e então disse, encarando Megan bem no fundo dos olhos, de maneira afetuosa, mas também desconcertante:

— E então, Megan, como você está?

— Ótima – a garota cuspiu, tropeçando nas palavras. Percebendo o olhar do pai, ela completou a frase. – Bem, obrigada.

A médica sorriu novamente. Ela poderia, por favor, parar com isso? Foi nesse momento que Renato entrou na conversa, atropelando as palavras, ansioso:

— Hã, doutora, é que a Megan não andou passando bem esses dias... Ela teve fortes dores de cabeça e desmaios...

— Eu não desmaiei, pai! – Megan disse depressa, completamente envergonhada, ouvindo a própria voz aguda demais e amaldiçoando-se por aquilo. – Eu só estava cansada, doutora. Eu... erm... deitei para dormir e acabei apagando e... – ela olhou meio sem graça para o pai. – Aí perdi o horário de buscar minha irmãzinha na escola. Foi só isso.

A doutora anotou algo no computador e depois se virou novamente para Megan, com toda atenção de novo.

— Então foi só cansaço, Megan? Você deitou e dormiu. Você tem dormido bem durante a noite? Está estressada, problemas na escola, talvez?

— Tá tudo bem na escola – Megan disse com a voz firme, mas depois viu que era melhor relaxar no tom de voz na próxima frase. – Quer dizer, tem dias que é difícil dormir, mas acho que é porque fico pensando muito, só isso.

A garota imaginou que a médica fosse perguntar o que ela andava pensando, mas a doutora não comentou o assunto. O pai, porém, tinha os olhos arregalados.

— E essas dores de cabeça? Quão fortes são?

— Ah... Não tanto...

— Ela fica com tanta dor de cabeça que acaba indo se deitar – Renato interveio. – Vamos, Megan, conte direito as coisas pra doutora. – E então, finalmente, ele fez o que Megan detestava. – Doutora, a senhora se lembra do histórico das meninas, né? Já contei isso para a senhora, por causa de Mina, que vem se consultar aqui. A mãe das meninas, minha esposa já falecida, teve câncer no cérebro.

Ótimo. Aí estava. A palavra "câncer" agora parecia flutuar por todo o quarto como uma maldição. Era até difícil respirar. Câncer, câncer, câncer. Aquela palavrinha de seis letras tinha o condão de deixar tudo denso e sufocante. Megan cruzou os braços e bufou.

— Eu não estou com câncer – a garota disse de repente. O pai suspirou e ela repetiu, olhando-o nos olhos. – Não estou com câncer!

— Ninguém disse isso, Megan – disse a doutora em um tom apaziguador. Megan continuava de braços cruzados. Não acreditava que o pai realmente tinha sugerido isso em voz alta *para uma médica!* Era como revelar um segredo obscuro. – Olhe, não se preocupe, provavelmente é só estresse, a sua idade é uma época de transição, cheia de inseguranças e dificuldades. Nós vamos fazer alguns exames e só, ok?

Megan suspirou lentamente, mas acabou assentindo com a cabeça, enquanto a médica apanhava um bloco de guias de cor verde e começava a anotar coisas rapidamente.

— Você se sente enjoada quando tem essas dores de cabeça, Megan? – a doutora perguntou, ainda anotando coisas no papel verde. O pai a fitava como se a desafiasse a mentir. Megan suspirou.

— Sim... Às vezes.

— Está tendo alguma dificuldade na escola? Para ler, por exemplo.

Megan engoliu em seco. Como ela sabia isso? Olhou de esguelha para o pai e segurou com mais força a bolsa sobre o colo.

— O de sempre – respondeu, evasiva. – Tem umas matérias muito chatas e a gente viaja quando está lendo, não sou superconcentrada, sabe como é.

A médica sorriu, divertida.

— É, sei como é. – Ela ergueu os olhos para Megan e levantou-se. – Você pode se sentar aqui na maca para eu dar uma olhadinha em você?

Depois disso foi aquela coisa que sempre acontece quando se vai ao médico: ela auscultou o coração, mediu a pressão, etecetera e tal. Mas também fez algo que deixou Megan nervosa: tocou-a na nuca, um toque seco e repentino, que fez a garota dar um pulo na maca e segurar a respiração por alguns instantes. Uma dor aguda chegou e foi embora feito uma sirene.

— Tudo bem, Megan? – a médica perguntou, atenta.

A garota demorou alguns instantes para responder.

— Tudo, a senhora me deu um susto.

A médica sorriu de maneira enigmática e disse que o exame estava terminado. Instruiu Megan e Renato para que os exames fossem realizados no laboratório o mais rápido possível e que retornassem para outra consulta em breve.

— Não foi tão ruim, foi? – Renato perguntou após um longo silêncio. Eles já estavam dentro do carro, deixando o estacionamento. Megan não respondeu, apenas alisou o lugar onde a médica havia tocado. Ainda estava dolorido.

*

Renato desligou o carro, mas manteve as mãos no volante, sem conseguir disfarçar a tensão. Estacionara do outro lado da rua, em frente ao apartamento onde moravam. Megan ajeitou a bolsa no ombro e já segurava a maçaneta da porta quando o pai disse repentinamente:

— Desculpe, filha.

Megan afrouxou o aperto na maçaneta, afundando um pouco no assento. Não sabia o porquê, mas preferia que o pai não dissesse isso. Era maluquice, mas ficar brava com ele lhe dava um objetivo. Mas assim que as palavras saíram da boca dele, Megan teve a sensação que desesperadamente não queria ter: a de que estava errada.

— Do que você tá falando, pai? – ela perguntou, sabendo que era uma pergunta estúpida, que estava sendo sonsa de propósito.

— Porque estou apavorado.

Megan finalmente olhou para o pai. Ele mantinha as mãos tensas sobre o volante, olhando fixo por cima deles, para longe, como se dirigisse por uma longa rodovia.

— Pai...

— Eu sei que você ficou incomodada. Você só teve umas dores

de cabeça, vai ver foi o que a médica disse mesmo, estresse, coisas na escola, talvez problemas com garotos... – Megan imediatamente olhou para o outro lado, sem graça. Por que ele estava falando aquelas coisas? Era melhor não dizer nada. – Sei lá, filha, você está crescendo e eu talvez não saiba como lidar com isso, esse negócio de ser pai solteiro.

Ele finalmente soltou o volante, os braços caindo ao seu redor, exaustos.

— Sinto falta de sua mãe nessas horas. Ela saberia o que fazer. Saberia o que te dizer. Eu só... Só estou com medo. Desde que ela se foi, que essa coisa horrível aconteceu conosco. Eu não conseguiria perder você e Mina do mesmo jeito que a perdi, entende?

Megan sentiu um aperto repentino peito. Os olhos arderam, a garganta se fechou. Sim, ela entendia. No fundo, ela entendia muito bem.

— Pai... – um sussurro rouco saiu de seus lábios. – Nós vamos fazer esses exames e vai ficar tudo bem – completou, ainda sentindo o coração apertado. Subitamente, a dor aguda onde a médica tocara pareceu aumentar de intensidade.

A mão direita do pai tocou carinhosamente seu ombro. Megan se virou para olhá-lo. Os olhos de Renato estavam marejados.

— Eu amo você, filha. Você e sua irmã são minha vida.

Megan não conseguia falar. A visão agora estava turva. Ela lutou contra a golfada de desespero que a atingia com força.

— Vai ficar tudo bem, vai sim – o pai continuou. – Logo nós vamos sair desse apartamento cheio de lembranças e começar uma vida nova. Deveríamos ter feito isso há muito tempo.

Megan, aliviada, aproveitou a chance de mudar de assunto.

— Como estão as coisas?

— Ah, só se passaram alguns dias que eu disse para o proprietário que estava interessado no apartamento. Ele disse que vai tentar segurar, mas... Bem, se outro comprador aparecer, já era. Ainda precisamos vender esse aqui, anunciei no jornal, coloquei em uma imobiliária. Ninguém se interessou ainda, mas acredito que logo receberemos algumas visitas. Você e Mina precisam arrumar aquele quarto, aliás.

— Precisamos tirar as coisas da mamãe de cima da cama – Megan disse, e então sentiu um súbito calafrio. Tinha esquecido o espelho por alguns minutos e agora a lembrança retornara ao topo de sua mente. – Você tem que parar de dormir na sala. Está usando as caixas como desculpa.

Renato fez uma careta.

— Eu sei... E por isso precisamos mesmo nos mudar... Preciso de uma cama nova – ele riu inesperadamente. – Sabe que outro dia estava lendo um livro do Mario Prata, e ele disse que comprar um colchão era uma grande responsabilidade. Quer dizer, a garantia geralmente é de dez anos, o negócio deve durar uns quarenta. É como um casamento, pra vida toda.

— Ai, pai, não fala assim!

— Você acha que vou viver mais do que outros quarenta anos?

— É claro que vai! – Megan disse e deu um beijo em sua bochecha. Quando ela tentou recuar, sentiu os braços do pai ao redor de seu corpo, apertando-a em um abraço.

— Eu amo você, filha.

— Também te amo, pai. E você já disse isso.

Eles se afastaram. O pai sorriu.

— Tá certo. Você agora é uma adolescente, papai não pode ficar repetindo toda hora que te ama. Vou ficar falando isso pra Mina hoje de noite várias vezes, ela ainda não me rejeita.

— Pai!

— Na verdade só puxei seu saco porque gostaria que você descesse da cama as caixas do quarto. Você não sabe que só sou carinhoso quando quero favores?

Ele girou a chave na ignição, sorrindo. Aquilo era uma tremenda mentira; Renato era o pai mais carinhoso que Megan poderia ter. A garota se sentiu um pouco mais leve, mas ainda havia um peso dentro dela, algo que a arrastava para o fundo, e ela não sabia dizer direito o que era. A verdade é que eram tantas coisas. Mas ela definitivamente sentiu um arrepio ao pensar em entrar novamente no quarto dos pais. Não entrava lá desde a última vez em que retornara do outro lado do espelho e, certamente, não queria passar para lá novamente.

— Não se esqueça de buscar a Mina na natação hoje, certo, Bela Adormecida?

Megan corou.

— Pode deixar.

Ela saiu do carro e acenou para o pai enquanto o carro se afastava, sentindo novamente aquele aperto no peito. A cabeça deu mais uma pontada.

*

Um silêncio opressivo preenchia o apartamento quando Megan fechou a porta atrás de si. Era quase uma da tarde, o horário em que geralmente saía da escola. Ela deveria estar com fome – normalmente estaria –, mas se sentia enjoada apesar do estômago vazio. Se não tivesse certeza de que não andara transando por aí, talvez pudesse pensar coisas, mas ainda nem tinha beijado um garoto. Quatorze anos – quase quinze – e ainda não tinha tirado o BV. Era humilhante e, obviamente, por isso mesmo ninguém sabia desse fato. Era muito melhor que uma criança estivesse dentro dela do que o que poderia estar lá naquele momento. Droga, o que ela estava pensando? Ela sabia por que estava enjoada: era a maldita dor de cabeça de novo. Ela não ajudava, assim como aquela sensação no peito, como se ele estivesse sendo esmagado.

Olhou ao redor: a sala ligeiramente desarrumada, com o sofá caramelo que sua mãe escolhera; havia um lençol e um travesseiro ainda jogados sobre ele, que seu pai usara para dormir. Largado sobre ele, um coelhinho de pelúcia de Mina. Megan o apanhou, acariciando-o. Talvez soubesse o que pesava em seu peito, era a mesma coisa que seu pai mencionara no carro: uma sensação amarga de perda. Ela só não sabia se era relacionada à mãe, ao pai, ao apartamento que logo deixariam, à vida que tiveram ali... Ou em relação a si mesma.

Sentiu algo fofo nas pernas e olhou para baixo. Alanis se enroscava ali, faminta. Ela só era carinhosa assim com Megan se quisesse alguma coisa. Com Mina era diferente, as duas tinham uma ligação quase mágica.

— Tudo bem, vamos alimentar você, gata gorducha.

Megan jogou um punhado de ração no comedouro e a gata logo começou a comer, ronronando. Devia ser bom ser um gato. Nenhum problema na cabeça exceto comer, dormir, ir ao banheiro, dormir de novo, receber cafunés...

A garota abriu a geladeira, suspirou com desânimo e resolveu ir para o quarto; não conseguiria comer nada mesmo. Passou pelo quarto dos pais e viu a porta encostada. Queria e ao mesmo tempo não queria espiar. Sabia que precisaria entrar e arrumar as caixas como o pai pedira, mas não ainda. Naquele momento ela não queria ter que desviar os olhos do grande espelho, não queria sentir a presença de Megami – se é que tudo aquilo não tinha sido só um pesadelo.

Três dias longe do outro lado do espelho deram um pouco de

perspectiva a Megan. As coisas estavam mais distantes agora, às vezes parecia que jamais tinham acontecido. A garota se pegava pensando se teria imaginado, sonhado coisas... Mas, por outro lado, parecia *tão* real.

Jogou a bolsa em sua cama e se sentou sobre os lençóis de Mina, decorados com várias princesas da Disney. Expirou o ar lentamente. Aquela sensação sufocante ainda estava lá, pesando em seu peito. Abriu a bolsa e apanhou o diário. Não conseguia tirar as palavras da mãe da cabeça.

"E o dia em que não estarei mais aqui?"

— Então aí está você.

Megan ouviu a própria voz, naquele tom mais agudo, alterado, e levantou-se no mesmo instante, como se tivesse levado um choque elétrico.

— Você devia saber que não ia se livrar de mim assim tão fácil, Megan – disse Megami, do outro lado do espelho da penteadeira. Ela tinha os olhos injetados, quase vermelhos, o que fez Megan recuar um passo, apavorada. Era real. Era assustadoramente real. – Não adianta você ficar evitando os espelhos, Megan, porque uma hora eu te encontraria. Em algum momento sabia que ia te pegar desprevenida!

Megan finalmente encontrou sua voz.

— Eu te deixei do outro lado! – ela ouviu a própria voz trêmula e se odiou por isso. – Você tá do outro lado, Megami, presa aí!

Megami sorriu com sarcasmo.

— Posso estar presa aqui, Megan, mas a nossa ligação jamais se quebrará. Uma vez que o portal é aberto, não há como voltar atrás. – Ela olhou para algo aos pés de Megan. – Você deveria ler com mais atenção essa porcaria.

Megan olhou para baixo. O diário estava ali, aos seus pés; ele tinha caído no chão e aberto numa página aleatória, que a garota ainda não lera. Megan rapidamente se abaixou e o fechou de qualquer jeito, guardando-o na bolsa.

— Do que você está falando? O que você sabe sobre isso? – questionou, aproximando-se apenas um passo do espelho. Seu coração batia depressa e ela sentia cada poro do seu corpo suando frio de nervosismo.

Megami apenas sorriu novamente, enigmática.

— Você não sabe de nada, Megan. Ah, você é tão estúpida que chega a ser patética, garota! Vamos, me diga, como está o Daniel depois do que aconteceu?

Megan franziu as sobrancelhas, confusa. Ela estava falando... sobre o beijo? O que ela queria dizer com aquilo? O que estava insinuando?

— Do que você tá falando?

Megami revirou os olhos, enfadada.

— Como você é idiota, garota. Você e ele se beijaram aqui, é claro que algo deve ter mudado aí desse lado.

Megan a observou por alguns instantes, respirando depressa, ainda confusa, até que finalmente disse, em tom de desafio:

— Não, Megami. Nada mudou entre nós.

Ela não iria contar que estava pensando coisas sobre Daniel que não pensava antes. Megami não precisava saber disso, não daria mais munição a ela. A resposta, porém, pareceu causar algum efeito na outra garota, pois seus olhos se estreitaram perigosamente.

— Não minta para mim, Megan. Sei que você tá mentindo e vou descobrir. Consigo tudo o que quero, garota. Sempre.

Inesperadamente – até para si mesma –, Megan riu:

— O que você quer que eu diga, Megami? *Nada* mudou. Daniel continua sendo meu melhor amigo, coisa que você não sabe o que significa! – explodiu, cheia de veneno. – O que aconteceu aí do seu lado não foi comigo nem com o Daniel que eu conheço. Eles não são a mesma pessoa. Seja lá o que você estivesse esperando, não aconteceu.

A reação de Megami foi intensa. A garota, completamente descontrolada, jogou-se contra o espelho, espalmando as mãos contra o vidro. Por um instante de pavor, Megan achou que ela conseguiria atravessar, que ela e Megami logo estariam ali, frente a frente, e então ela não poderia prever o que aconteceria. Só sabia que seria algo horrível. Megan recuou até a parede oposta num reflexo apavorante, mas, enfim, Megami não conseguiu atravessar o espelho. Bateu várias vezes contra o vidro, enfurecida, gritando como um animal enjaulado.

— Você tá mentindo! Não é possível, ele tem que ter mudado, algo horrível deveria ter acontecido! Eu sei, eu sei, o *meu* mundo afeta o *seu*!

Lágrimas de raiva inundavam os olhos de Megami. Elas não causavam pena, apenas faziam aflorar ainda mais o terror que Megan sentia. A garota inspirava com tanta força que conseguia ouvir o som da própria respiração. Mesmo assim, algo soou em seu cérebro: Megami estava dizendo que coisas terríveis deveriam acontecer em seu mundo caso ela fizesse algo no outro. O que aquilo queria dizer? O que ela esperava que tivesse acontecido após beijar Daniel do outro lado?

— Pare de mentir! Fale a verdade! Confesse! Algo ruim está acontecendo, Megan, e eu vou descobrir, eu vou!

— Nada aconteceu! – Megan repetiu, dessa vez gritando. Tinha a necessidade disso, de gritar, de fazer sua voz se sobrepor à de Megami. – Nada, Megami! Você é doida, uma alucinação!

Foi nesse momento que Megami parou de bater no vidro. Com o rosto ainda encostado ali, ela olhou bem no fundo dos olhos de Megan, o rosto estranhamente distorcido. E começou a rir. Loucamente. Descontroladamente.

— É isso que você acha, Megan? É isso mesmo? Ai, como você é ingênua. Eu sou real, Megan. Você não vai se livrar de mim. Sou um pesadelo *real*. E vou persegui-la até o inferno. Logo, eu sinto, bem depressa, Megan, você vai implorar pra trocar de lugar comigo! Ainda vai pedir de joelhos para estar no meu lugar! A sua vida se tornou a minha desde o primeiro instante em que você pisou desse lado. E isso não é nenhuma alucinação.

Megan continuou onde estava, trêmula da cabeça aos pés, encolhida no espaço entre sua cama e de Mina, os joelhos batendo no criado-mudo enquanto tentava ficar o mais distante possível de Megami. Ela não saberia dizer por quanto tempo ela e Megami ficaram ali, apenas se encarando, medindo-se. Era uma competição insana e macabra para descobrir qual das duas era a mais forte, qual das duas resistiria. Mas em algum momento a disputa silenciosa foi interrompida pelo som da campainha.

— É ele – Megami disse, maldosa. – É o Daniel. Nem vou precisar esperar muito para ver com meus próprios olhos o que aconteceu. Sei que está mentindo, Megan. Eu sempre sei.

— Cale a boca! – Megan gritou. Ela precisava fazer algo, *qualquer coisa*, para impedir Megami. O que aconteceria se ela visse Daniel? E se Daniel a visse? O que seria refletido no espelho? Quando seu pai ficou de frente para ele não havia reflexo, e Megan ainda não entendia o que aquilo significava, só sabia que a resposta provavelmente era muito, muito ruim. Olhou ao redor do quarto, como se uma solução mágica fosse aparecer. A campainha soou novamente, duas vezes, com urgência; ela conhecia aquele toque insistente, era *realmente* Daniel. Continuou procurando, desesperada, enquanto Megami dizia *"vamos, atenda, Megan, atenda"*.

Havia uma toalha de banho sobre a cama de Mina, ela sempre esquecia a toalha molhada na cama e Renato ficava doido.

A toalha.

Era ridículo, mas também era a única coisa em que Megan conseguiu pensar. Quando Megami percebeu o que a garota estava prestes a fazer, começou a rir, mas mesmo assim ela não desistiu. Jogou a toalha de Mina sobre o espelho. Observou-o por alguns segundos: Merida, a princesa de *Valente*, encarou-a de volta, determinada, apontando uma flecha em sua direção.

A campainha continuou tocando. Megan correu até a sala e parou, encarando a porta fechada, esbaforida. Inspirou algumas vezes, tentando se acalmar, mas tinha certeza de que Daniel repararia. Ele sempre notava quando Megan estava diferente.

— Credo, parece que viu um fantasma! – o garoto disse assim que ela abriu a porta. Ele foi entrando sem pedir licença, jogou a mochila pesada no sofá e mastigou uma batatinha, oferecendo o pacote para Megan. – Toma, isso é fome.

Apesar de estar se sentindo ainda pior do que quando chegara, Megan apanhou uma batata, só para Daniel não fazer ainda mais perguntas.

— Bem, eu trouxe as anotações do dia pra você, Meg – ele disse de boca cheia, abrindo a mochila e tirando de lá seu inseparável caderno preto e uns três livros grossos. – Você perdeu, na aula de Química o idiota do Fábio perguntou ao professor Válter se ele já tinha feito drogas, por causa de *Breaking Bad*, saca? E aí ele respondeu que ele só tinha que dar uma droga de aula a uma droga de alunos como o Fábio, sério, aquele cara é incrível, deveriam dar um prêmio a ele. É, eu sei, fica mais legal ao vivo, não sei contar piada. Ei, Meg, você tá me escutando?

— Claro que tô, Dan – mas não estava. Na verdade, ela ainda estava tentando escutar algum som vindo do seu quarto.

— Eu, hein, você tá estranha – Daniel pegou suas coisas, colocou a mochila em um dos ombros e começou a se dirigir ao seu quarto. – Beleza, vou deixar essas coisas lá, tem algo pra comer? Quero almoçar antes da gente estudar, não consigo pensar de barriga vazia. Como foi no médico, afinal?

— Daniel, Daniel! Espera! – ela correu e o puxou pela camisa. O garoto a olhou confuso. – É... vamos estudar na cozinha, não é melhor?

— Mas você sempre prefere estudar no quarto, tem a escrivaninha e tals, e o computador. Eu queria dar uma olhada no Facebook, acho que fizeram um vídeo do professor Válter, sério, foi muito engraçado na hora, eu não sei contar direito, você tinha que estar lá!

— Dan...

Mas já era tarde. Daniel tinha entrado no seu quarto e a primeira coisa que seus olhos encontraram foi a droga da toalha pendurada no espelho.

— Nova decoração, Meg? – perguntou, rindo. – A Mina tá ficando cada vez mais criativa! O seu pai vai ficar maluco quando vir isso.

Ele se aproximou perigosamente do espelho, com intenção de tirar a toalha, quando Megan se colocou entre os dois. Ela não sabia se era sua imaginação, mas já ouvia a risadinha de Megami.

— Deixa aí, Dan, depois eu tiro.

— Não custa nada, Meg, deixa de ser preguiçosa, melhor pendurar isso logo pra não feder o quarto todo, se teu pai vir isso vai sobrar pra tu também.

— Não, Daniel!

Daniel parou no meio do movimento. Ele olhou de Megan para a toalha e seu rosto se iluminou com o entendimento daquilo. Ele não era burro, óbvio. Tinha sido bobagem pensar que poderia enganá-lo com um truque tão patético. Megan se lembrou da palavra nos lábios de Megami e se sentiu pior.

— É um espelho – disse Daniel, lentamente. – Mas você disse que o negócio era com o outro espelho, o do quarto do seu pai.

— Daniel...

— Megan, o que está acontecendo? Você voltou lá?

— Não, eu não voltei.

— Então por que fez essa palhaçada de jogar uma toalha sobre o espelho? Megan? Megan, fala comigo!

— Porque ela estava aí! – Megan respondeu gritando. – Ela estava aí, do outro lado, me dizendo coisas horríveis sobre você!

Aquilo não deveria ter escapado. Megan congelou. Daniel não poderia saber que, em um mundo paralelo, eles tinham se beijado. Ou seja lá o que tivesse acontecido.

— Sobre mim? O que essa... *aberração*... falou sobre mim?

— Não importa, Daniel.

— Ah, mas eu quero saber, cacete.

— *Daniel. Não. Importa!*

— Claro que importa! E se você não vai me dizer, ela vai!

E, empurrando Megan para o lado, Daniel puxou a toalha de uma única vez, revelando finalmente o espelho.

Tudo o que eles viram foi o reflexo de Megan, pálido e assustado, e o de Daniel: ele tinha as sobrancelhas franzidas, em desafio. Olhou para o próprio reflexo e depois para o de Megan, como se procurasse algo diferente, e então a encarou no mundo real.

— Não tem nada lá, Megan.

Ela também não entendia. Por que o reflexo de Daniel aparecia normal? Por que o do seu pai tinha desaparecido e não o de Daniel? Ela voltou a olhar o espelho e foi quando viu os olhos do seu reflexo se estreitarem maliciosamente, os cabelos clarearem e crescerem, a calça se transformar em uma saia curtíssima. Não era mais ela na imagem: era Megami.

— Daniel, você está vendo isso?

O garoto voltou a encarar o espelho.

— Vendo o quê? Somos só nós, Megan. Não tem nada diferente no espelho.

Capítulo Três – Tempo

De novo aquela sala de espera horrorosa. Ela cheirava a tensão e desespero.

Megan estava sentada ao lado do pai, que batucava nas pernas, tentando extravasar o nervosismo. Já a garota segurava os resultados lacrados de seus muitos exames com tamanha força que, em algum momento daquela longa manhã, Renato disse:

— Filha, você está amassando os exames!

E então Megan afrouxou as mãos, mas a tensão ainda fluía por suas veias, envenenando-a. Aquele lugar a oprimia. Era como se as paredes estivessem se fechando ao seu redor.

Ela se lembrou daquele exame horrível: ressonância magnética, algo assim –achava que era esse o nome, mas fizera tantos exames que nem sabia mais o nome de todos –, quando se sentiu exatamente daquela maneira: um homem que mal a olhou nos olhos pediu que ela se deitasse de costas em uma maca, de frente para um enorme tubo. Ele colocou suas mãos acima da cabeça e imediatamente Megan se sentiu frágil e vulnerável. Então, lentamente, ela foi entrando naquele túnel comprido, estreito e branco *demais*. Havia uma luz intensa lá dentro que fez seus olhos arderem. Era silencioso ali e toda aquela luz branca ao seu redor... Megan sentiu a respiração acelerar, as mãos suarem, dispostas acima de sua cabeça, e tudo o que ela lembrava era que o homem dissera várias vezes para não tirá-las dali: *não se mexa não se mexa não se mexa*, ele tinha dito. Ela não *conseguia* se mexer. Algo se fechou em sua garganta e então ela de repente não podia mais respirar.

Megan pirou.

Seu pai disse que ela gritou e se debateu, mas a garota mal se lembrava disso. Ele também contou que Megan chorou e tentou chamar pela mãe várias vezes, e Renato não sabia o que fazer. Ela nem podia tomar água para se acalmar por causa do preparo do exame. Então, ele apenas a abraçou até que o pânico passasse. Foi assim que o homem que conduzia o exame classificou a situação: "um ataque de pânico". Ele disse que muitas pessoas também se assustavam com a máquina, mas parecia impaciente para que realizassem o exame de uma vez.

Foi só na terceira tentativa que Megan se acalmou o bastante para chegar até o fim. Ela se lembrava vagamente da voz de Renato perguntando sobre os resultados e do homem dizendo que não poderia avaliar nada naquele momento, que somente um médico poderia dar o diagnóstico. Ele também avisou, com razão, mas nada gentil, para que eles não fossem tolos o suficiente para abrir o envelope e procurar o significado no Google.

Megan queria *realmente* abrir o envelope, que agora apertava com força nas bordas, mas seu pai fora incisivo. Ele estava todo cheio de dedos desde o exame e o espetáculo que Megan dera por lá. Ela não sabia por que tinha ficado tão apavorada, era só um exame, afinal. Mas a verdade era que, naquele momento, lembrara-se do rosto magro e debilitado da mãe em uma cama de hospital, e de repente Megan era feita de desespero. Sentia-se envergonhada, mas fora incontrolável. Ela não contara nada a Daniel, não queria que ele a olhasse com pena e a tratasse de maneira diferente, como seu pai fizera por algum tempo após o acontecido. Nem ela nem o pai tampouco contaram para Mina, para não assustá-la. Tudo o que a pequena sabia era que Megan estava indo ao médico para tratar suas dores de cabeça e sarar.

Mas, certa noite, quando o sono não vinha, Megan ouviu a voz da irmãzinha perguntando:

— A mamãe tinha dores de cabeça também, não tinha, Meg?

A garota engasgou com a própria saliva. Que pensamentos estariam passando pela cabecinha da irmã? Mina era esperta, não poderia ser enganada por muito tempo. E se Megan realmente tivesse alguma coisa horrível, como a mãe? Como ela e o pai contariam isso a Mina? Megan se virou para olhá-la, apenas na penumbra do abajur da Mônica que sempre ficava aceso no criado-mudo. Os cabelos de banana da personagem refletiam no teto devido à luminosidade.

— Tinha, Mina. Mas é diferente...

— Por quê? – Mina perguntou, agressiva. – E se você ficar doente como a mamãe?

Um bolo se formara na garganta de Megan. Mina continuava a encará-la, esperando uma resposta. Megan não conseguia dizer que tudo ficaria bem: seria mentira, ela não sabia o que poderia acontecer. As coisas não ficaram bem quando sua mãe disse a elas que ficariam. Megan sabia que essa era uma das poucas lembranças de Mina a respeito da mãe.

— Se isso acontecer, Mina, nós vamos enfrentar. Como a Merida enfrentou todo mundo para salvar a mãe dela no filme, lembra?

Mina fungou, mas se manteve firme e não chorou. Ela nunca fora muito de chorar, era uma menina forte e impetuosa. Megan lembrava que ela tinha chorado assistindo a *Valente* quando Merida e a mãe finalmente se abraçaram. Megan também tinha chorado. Já o pai se derretera em lágrimas e abrira uma caixa de bombons após o filme. Comeu meia dúzia e disse às meninas que chocolate espantava a tristeza, que deviam comer quantos bombons quisessem aquela noite.

Era uma lembrança doce e amarga.

— A gente não conseguiu salvar a mamãe. Não somos como a Merida.

Megan refletiu alguns instantes antes de responder, sentindo o peito pesado de dor.

— Não, Mina, não somos como a Merida. Nós somos diferentes e vamos escrever nossa própria história.

As duas ficaram se encarando no escuro, uma barreira de silêncio e tristeza entre elas. Em algum momento, Megan afastou as cobertas. Não foi preciso dizer mais nada: Mina saltou de sua cama e aconchegou-se junto à irmã. Elas adormeceram abraçadas, e essa foi uma das poucas noites em que Megan realmente dormiu bem. Sem sonhos, sem dores ou vozes dentro de sua cabeça.

A campainha irritante das senhas tocou. Renato se levantou depressa, incentivando Megan a fazer o mesmo. Porém, quando estavam já na porta da Doutora Marcela, a médica abriu apenas uma fresta da porta. Ela os cumprimentou, um tanto hesitante, dizendo:

— Seu Renato, será que o senhor pode entrar sozinho uns minutinhos? – Sorriu para Megan, mas era um sorriso vazio, e a garota imediatamente percebeu que algo estava errado. – Tudo bem, Megan? É só que eu queria dar uma palavrinha com o seu pai. Enquanto isso, que tal você dar uma voltinha até a ala das voluntárias rosinhas? Acho que elas fizeram bolo de chocolate hoje.

Em outra ocasião, Megan teria ficado revoltada com o tom condescendente e quase infantil na sugestão da médica. Ela não era nenhuma criança! Mas do jeito que já estava nervosa por um milhão de coisas em sua cabeça, decidiu não ligar para uma bobagem daquelas.

O pai trocou um olhar confuso com Megan e em seguida com a médica, mas esta assentiu com a cabeça, incentivando-o. Então Renato apanhou os exames que a filha segurava e os dois adultos sumiram porta adentro. A garota ainda ficou ali por um tempo encarando a porta fechada, sem saber o que fazer. Ela tinha acabado de ser expulsa da própria consulta? Sério? E só de pensar em bolo de chocolate tinha vontade vomitar.

Arrastou-se até um dos sofás da sala de espera e encolheu-se mais e mais. Se a intenção era deixá-la apreensiva, a doutora tinha conseguido. A garota pescou o celular na bolsa, chegou a digitar uma mensagem para Daniel, mas acabou não a enviando. De que adiantava preocupá-lo também? O que o amigo poderia fazer para ajudá-la?

Algo muito, muito horrível deveria ter acontecido. Seu pai estava conversando com a médica naquele exato momento, mas do que estariam falando? De Megan, isso era óbvio, mas *o quê*? E se fosse mesmo uma notícia horrível? Não era justo seu pai recebê-la sozinho. Megan levantou-se, decidida a invadir o consultório quando a porta abriu. Era a Doutora Marcela. Lá estava de novo aquele sorriso vazio.

— Desculpe deixá-la aqui fora, Megan. Você quer entrar agora? Seu pai pediu para que viesse ficar com a gente.

O coração de Megan parecia que ia saltar pela boca. Seu corpo estava duro como pedra, e ela teve que se forçar a colocar um pé à frente do outro, como quando brincava de robô com Mina para distrai-la. Os ouvidos latejavam. Quando a médica fechou a porta atrás dela, a salinha enfeitada com cartazes coloridos não parecia nem um pouco acolhedora; pelo contrário, era tão branca quanto o horrível túnel do exame.

Seu pai estava sentado em uma das cadeiras à frente da mesa da doutora, a postura rígida, as costas distantes do encosto. Ele olhou devagar para Megan e foi nesse momento, quando os olhos de pai e filha se encontraram, que a garota teve certeza do que tinha acontecido. Renato estava com os olhos vermelhos, desprovidos de esperança, os mesmos olhos de quatro anos atrás com os quais ele lhe explicara, paciente e carinhosamente, que sua mãe estava muito, muito doente. E que ela poderia deixá-los.

Megan sentiu como se um choque elétrico percorresse seu corpo, inundando-a com uma coragem que ela definitivamente não possuía. Talvez não fosse bem bravura, mas sim algo como raiva, o que às vezes é bem parecido. Sentou-se na cadeira ao lado do pai e, sem olhar para ele, encarando a médica nos olhos com seriedade, perguntou:

— É câncer, certo? Eu tenho a porcaria de um tumor na droga da minha cabeça.

Ela sentiu os olhos do pai sobre si, mas fingiu não ver. Não naquele momento. Megan não poderia encarar aqueles olhos desesperados; começaria a chorar ali mesmo e a última coisa que desejava naquele momento era chorar. Precisava ser prática e objetiva, coisa que sabia que sua mãe nunca tinha sido.

— E então? Sem enrolação, por favor. Nada de me tratar diferente. Não sou nenhuma criança – incentivou a médica a falar. Esta, por sua vez, parecia ter sido pega de surpresa pela pergunta direta da garota. Megan sentiu-se um pouco melhor: era, ao menos, uma vitória. Bem pequena, é verdade. Mas a vida é uma coleção de pequenas vitórias.

Doutora Marcela observou o porta-recados da *Hello Kitty*: havia ali uma foto 3x4 de um menininho, provavelmente seu filho. Ela pareceu se fortalecer ao encará-lo e, finalmente, olhou para Megan com algo semelhante a ternura. No entanto, quando sua voz falou, o tom amável foi substituído por algo seco e profissional.

— Megan... Recebi um parecer do laboratório, antes mesmo da consulta de hoje. E, estudando os exames que vocês trouxeram, as imagens do seu cérebro confirmam um glioma de grau 4.

Renato levou as mãos ao rosto, escondendo o que poderiam ser lágrimas. Megan engoliu em seco. Tinha sido relativamente fácil fazer aquela pergunta impetuosa, mas ouvir a resposta era bem mais complicado. Ela não precisava saber o que significava o termo médico para entender que estava, realmente, com algum maldito tumor. Ela sentiu a boca seca e pontinhos negros dançaram à frente dos seus olhos, deixando-a tonta. Ela tentou manter o foco na médica, mesmo que sua imagem estivesse ligeiramente turva. Sentia um latejar constante na cabeça, mas o ignorou. Sua própria voz, muito distante, perguntava algo como:

— O que vem a ser um glioma grau 4? Você pode traduzir? É tipo... Estou ferrada elevado a quatro?

A doutora Marcela, entretanto, não sorriu com a piada. Renato expirou ruidosamente e apenas murmurou *"Megan..."*. Sim, com reticências. Dava para ouvi-las em sua voz.

— Bem, Megan, nós temos outras células além dos neurônios no cérebro – começou a médica, em um tom paciente, que fez Megan se sentir transportada para uma sala de aula surreal, onde ela era o objeto de estudo bizarro. – Existem essas outras células, gliais, que ajudam os neurônios. Quando acontece um problema, é nessas células que ele aparece, na maioria das vezes – ela olhou novamente para a foto do menino no porta-recados da *Hello Kitty*. – Esse tipo que você tem é um astrocitoma e está localizado em seu cerebelo, ele fica mais ou menos aqui – ela tocou uma região próxima à nuca em si mesma, e Megan acabou levando as mãos ao mesmo lugar em sua própria cabeça. – É por isso que você sente essa área mais sensível.

Megan estalou os lábios duas ou três vezes, mas a boca estava terrivelmente seca. Ela não conseguia falar. Os pontinhos negros em seus olhos estavam tomando conta de sua visão e então ela se agarrou aos braços da cadeira, com medo de que eles se tornassem uma imensa escuridão.

— Você tem água? – Megan perguntou inesperadamente, surpreendendo a si mesma. Fora algo automático. A doutora logo se levantou e começou a encher um copinho de plástico do bebedouro num canto da sala. Ela sentiu a mão do pai sobre sua coxa, apertando-a gentilmente, mas ainda não conseguia olhar para ele. Quando a médica colocou o copo em sua mão, Megan apenas molhou os lábios secos e então disse: — O que significa "grau 4"?

A doutora Marcela se sentou novamente e sua expressão pareceu se tornar mais sombria depois disso. Olhou para Renato, como se buscasse algum tipo de aprovação, e, para surpresa de Megan, foi seu pai quem falou:

— Significa que é o tumor mais agressivo – sua voz estava rouca e quebrada. – É o mesmo tipo de tumor que sua mãe teve. Maligno.

Megan finalmente olhou para o pai. Ele tinha os olhos vermelhos, caídos. Ela imediatamente sentiu um nó na garganta, mas o engoliu rapidamente.

— E como a gente faz pra tirar essa porcaria da minha cabeça?

A doutora Marcela expirou pesadamente.

– Não é possível realizar uma cirurgia, Megan. Nesse grau, o tumor é inoperável. Nós só podemos usar técnicas de quimioterapia ou radioterapia no seu caso.

Ela imediatamente se lembrou de um aparelho que girava e girava, e da expressão de exaustão da sua mãe após aquelas seções. Os vômitos, as mechas de cabelo grudadas no travesseiro. Eles não permitiam que ela entrasse na sala, claro, mas Megan espiava da janelinha mesmo assim. Naquela época, seu pai não tinha com quem deixá-las na maior parte do tempo, e os três ficavam sentados lado a lado na sala de espera; o pai com Mina no colo, Megan com uma boneca. As enfermeiras rosinhas adoravam as duas e sempre davam doces. Megan costumava guardar um pedaço de bolo para a mãe, mas ela nunca comia. Renato colocava Mina em seu colo e então se levantava para amparar Marina quando o tratamento finalmente terminava. Megan se lembrava do peso morno e aconchegante de Mina em seus braços, assim como dos braços magros e suplicantes da mãe que queria segurar a filha e não tinha forças.

— É melhor vocês irem para casa – disse a médica de repente, cortando as lembranças de Megan e, com certeza, também de Renato. – Vão, descansem, conversem... Pensem no assunto. Vou deixar marcado um retorno para vocês daqui a dois dias, pedirei para encaixá-los no final do dia, certo? E aí nós resolvemos os detalhes do tratamento, podemos iniciá-lo na sexta-feira mesmo, mas realmente acredito que hoje vocês devem ir para casa digerir essa notícia.

Renato levantou-se imediatamente, mas Megan continuou grudada na cadeira. Os pontinhos ainda estavam lá, dançando na frente de seus olhos, e ela tinha medo de que suas pernas não aguentassem quando se apoiasse nelas. Inspirou e expirou várias vezes, ouvindo os sons absurdos e difusos do pai agradecendo e se despedindo da médica, até que ele colocou a mão em seu ombro e disse:

— Vamos, filha. Vamos indo.

O pai apoiou o braço em seu ombro enquanto caminhavam. A princípio, Megan quis tirá-lo de lá, ele não precisava ampará-la, ela não estava acabada, não estava morrendo... *Não ainda.* Mas então percebeu que ele também se apoiava nela para não cair e lembrou-se de que era isso que faziam quatro anos antes: apoiavam-se um no outro. E ela precisava desse apoio mais do que nunca agora. Eles não podiam cair.

Os únicos sons a lhes fazerem companhia pelo caminho eram os do hospital, o arrastar de macas e cadeiras de rodas, o murmurinho das enfermeiras e funcionários que ecoava pelos corredores largos e imensos. Megan ouvia o som de seus próprios passos contra o piso xadrez desbotado, desejando que houvesse alguma maneira de voltar no tempo e consertar toda aquela confusão.

Eles sentaram no carro ainda em silêncio, e Renato colocou as duas mãos sobre o volante, apertando-o tanto que os nós dos seus dedos tornaram-se esbranquiçados.

— Pai, você tá bem para dirigir?

Renato apenas respirou fundo e assentiu, ainda sem dizer nada.

Ele girou a chave na ignição e deu a partida no carro. Dessa vez não ligou o rádio, como costumava fazer. Megan tampouco o fez; havia esse zunido em sua cabeça e ela só queria fechar os olhos e esperar que ele passasse. Que tudo passasse.

O pai conduziu o carro com muito cuidado, até mesmo devagar *demais*, e quando Megan rompeu o silêncio para perguntar o porquê, ele apenas disse "A vida é preciosa" e continuou dirigindo, voltando à quietude anterior. A garota suspirou e encostou a cabeça no vidro da janela. Renato decidiu seguir pela avenida da praia, mas Megan desejava que ele não tivesse feito isso. Ela observou todas aquelas pessoas correndo ou caminhando em meio aos jardins, os carrinhos de pastel na areia, alguém aqui e ali aproveitando o dia ensolarado durante a semana, as bicicletas na ciclovia... Tudo aquilo apertava seu peito, engasgando-a. As pessoas pareciam despreocupadas, sem saber que um pai e uma filha tinham acabado de ouvir a pior notícia de suas vidas. Pela segunda vez.

Megan encostou a mão no vidro, como se desejasse atravessá-lo e fugir daquele pequeno carro opressivo e cinza. Ela queria pedalar com Daniel, fazer castelinhos na areia com Mina e mergulhar com o pai... Ela ainda queria tantas coisas, coisas que nem tinha vivido. Como sua vida poderia terminar agora? Tão cedo, tão rápido? Não era justo. Por que ela? Por que sua família... De novo?

Você vai me implorar para ficar desse lado do espelho.

Megami? Não, não podia ser. Megan se afastou rapidamente do vidro; dependendo de como a luz batia nele, conseguia enxergar seu próprio reflexo. Depois de tudo que acontecera ela até se esquecera de Megami e de evitar os espelhos. Era só uma lembrança dentro de sua cabeça, apenas isso. Mas, uma vez que as lembranças são remexidas, não há como impedi-las de invadir sua mente.

Logo, eu sinto, bem depressa, Megan, você vai implorar para trocar de lugar comigo. Você ainda vai pedir de joelhos para estar no meu lugar.

A garota fechou os olhos com força, tentando afastar aquela voz. Não, Megami estava errada. Ela jamais iria ceder. Megan gostava da sua vida, não queria a vida da outra, não deixaria todas as pessoas que amava à mercê da loucura daquela garota. Mas por quê? Por que ela dissera isso? Será que ela sabia? Como poderia?

Não. Não importava nada daquilo. Megan não iria fugir. E era isso que significava passar para o outro lado do espelho: fugir de sua vida, de seus problemas... E de sua doença.

Estava tão distraída que nem tinha notado que o pai estava estacionando o carro, e não era na garagem do condomínio, mas em uma vaga ao lado dos jardins da praia, perto do Canal 3. A alguns metros, Megan localizou os quiosques onde se vendia de tudo: desde água de coco até sushi.

— Pai, por que você parou?

Renato desligou a chave da ignição e suspirou.

— Estou a fim de olhar um pouco o mar. Você me acompanha?

Megan não estava nem um pouco a fim. Na verdade, o que ela queria mesmo era sumir, e o único lugar que conseguia pensar para começar era debaixo das cobertas, com as cortinas bem fechadas em seu quarto. Mas então lembrou que fora exatamente isso que sua mãe tinha feito quando descobriu a respeito do tumor, e como ela e Mina ficaram arrasadas quando a mãe se enfiara em uma concha escura e permanecera lá por dias, sem querer vê-las e muito menos falar com elas. Megan não poderia fazer o mesmo com seu pai. Ele precisava dela na mesma medida em que ela precisava dele.

A garota apenas assentiu, abrindo a porta do carro e sentindo a brisa fresca do oceano ao pisar na calçada. Já estava bastante quente, mas o clima só ficaria sufocante depois da metade de dezembro. E ela nem queria pensar nisso. Dezembro significava seu aniversário... E o aniversário da morte de sua mãe.

Renato se postou ao lado dela após o clique da ativação do alarme. Ele a encarou e depois indicou os quiosques.

— Você quer comer alguma coisa? Ou talvez tomar um suco, algo assim?

Megan deu de ombros.

— Não precisa, pai. Mesmo.

— Acho que ao menos uma água vai lhe fazer bem, filha. E acho que preciso de uma cerveja.

Caminharam juntos até um dos quiosques, onde o pai fez os pedidos no balcão. Ele deixou uma nota de dez com Megan quando o celular tocou e foi atendê-lo mais adiante. Uma senhora de meia-idade trouxe a latinha de cerveja e a garrafa de água, colocando-as sobre o balcão, mas não as soltou quando Megan lhe entregou a nota.

— Você é menor de idade, mocinha – disse a mulher, com um tom materno de repreensão inconfundível. Fazia tanto tempo que ela não ouvia algo do tipo que seu coração deu um salto de saudade no peito.

— É para o meu pai – a garota suspirou, apontando para Renato, que desligava o celular naquele instante. – Olha lá, ele já tá vindo.

— Você não pode pedir para sua filha adolescente comprar uma cerveja, moço.

A mulher olhou para Renato com uma expressão severa. Megan teve vontade de rir quando o pai corou.

— Sim, claro, desculpe, minha senhora. – Ele e Megan trocaram um olhar divertido, o que parecia inacreditável naquele momento. – É que tive que atender o celular... Enfim, desculpe – ele repetiu, apanhando a latinha e entregando a garrafa a Megan. – Melhor fugirmos daqui ou ela vai chamar o Juizado de Menores, vai que – sussurrou para a filha, que deixou escapar uma risadinha.

Pai e filha se sentaram na beirada da calçada dos jardins, com os pés na areia. Renato tirou o tênis e tocou-a, descalço, soltando um suspiro ao abrir a latinha e dar o primeiro gole. Olhou para Megan com as sobrancelhas erguidas.

— Você não vai tirar o tênis também, filha?

Ela olhou para os próprios pés, confusa.

— Pai, depois vamos encher o carro de areia. Você não gosta quando eu e Mina fazemos isso.

— A gente sacode antes de entrar no carro ou lavamos no chuveirinho – ele deu de ombros, tomando mais um gole da bebida. – Vamos, sinta a areia, Megan.

Por que ele estava fazendo aquilo? Alguns minutos atrás, quando estavam deixando o hospital, Renato parecia um homem terrivelmente abatido pela notícia que acabara de receber. Agora, lá estavam os dois, sentados à beira-mar, descalços e bebendo juntos, como se estivesse tudo bem. Só que não estava e nada mais ficaria bem. Megan olhou para sua água, desejando que estivesse tomando algo mais forte que aquilo. Ela nunca experimentara álcool – quer dizer, exceto do outro lado do espelho, naquela festa estúpida, mas ali não era ela, era Megami –, não desse lado, *o lado real*, o que importava. Tentou desviar os olhos do líquido transparente quando o bebeu, desejando não ver nem um pedacinho do seu reflexo na água.

— Pelo que acabou de escutar, você também merecia uma cerveja, filha – o pai disse baixinho, como se fosse um segredo. – Talvez a gente possa providenciar isso lá em casa, se você quiser. Mas só uns golinhos, certo? Pra experimentar.

Ela deveria ter achado aquilo engraçado, mas não era. Seu pai certamente deveria estar dizendo aquilo porque, afinal, Megan não teria *tempo* para experimentar álcool. Ele devia estar pensando que ela não poderia esperar anos para isso. Não aguentaria até lá.

— Pai... Não precisa fazer isso, ok? Eu estou bem. E ainda não estou, sabe, morrendo.

Ele tomou um longo gole e depois pousou a latinha ao seu lado. Olhou para Megan seriamente e então disse:

— Bem, eu tomei uma cerveja e não vou poder dirigir por pelo menos uma ou duas horas. Além disso, falei com o pessoal do escritório pelo celular e pedi o resto do dia de folga. Isso quer dizer que a gente tem um bom tempo para conversar, filha.

Megan tomou mais um gole de água, apenas para manter suas mãos ocupadas e não responder. Ela olhou para o mar, para as ondas quebrando e para o horizonte, desejando ser um ponto infinito ali no meio dele, e assim poder fugir daquela conversa.

— Você está morrendo, filha – Renato disse, tão de repente e tão diretamente, que Megan olhou para ele, espantada. – Assim como eu. Assim como sua irmã. Assim como todo mundo. Nós estamos morrendo desde o dia em que nascemos, Megan.

— Para com isso, pai. Essa não vai colar, não agora.

Renato deu de ombros e desviou os olhos para o mar.

— Conversei com a Doutora Marcela – ele disse. – Disse a ela que deveria ter obrigado você a consultá-la antes. Que fiz isso tarde demais.

— Pai... Não, a culpa é minha... – Megan começou a dizer, sentindo um nó se formando na garganta, mas o pai apenas ergueu a mão, pedindo que ela parasse e o deixasse continuar.

— Ela foi muito gentil. Fiquei sentindo que, por dentro, ela estava, sim, me recriminando, porque lembrou que tínhamos um histórico na família. Mas não me julgou. E, mesmo assim, disse que também estava surpresa. Quatro anos não é tanto, não é? E você é tão jovem... Ela disse que esse tipo de... *câncer*... Bem, ninguém sabe muito bem o que leva uma pessoa a desenvolvê-lo, não é como se a gente causasse isso com a alimentação ou estilo de vida, é diferente dos outros tumores.

Renato fez uma pausa e suspirou. Megan decidiu respeitá-lo e não disse nada, apesar de sentir como se um gigante pressionasse seu peito.

— É muito cedo – ele continuou. – Parece que foi ontem que nos despedimos de Marina. E agora...

Megan fechou os olhos. Não queria chorar, não na frente do pai. Mas ele estava pressionando-a para isso. Foi quando sentiu a mão dele sobre seu ombro. Ela abriu os olhos e viu que ele a estava encarando agora. Era difícil retribuir o olhar, mas ela tentou se manter firme.

— Quando sua mãe descobriu, foi uma época terrível, você se lembra, Megan? Marina se fechou para o mundo, para mim. Ela... ficou tão distante, tão deprimida. Às vezes parecia outra pessoa; era como se alguém tivesse levado minha Marina e deixado apenas sua casca. Não parecia ela mesma. E eu não quero que isso aconteça de novo. Não quero que você fique distante de mim, filha, não agora.

Megan sentia que era difícil engolir. Seus olhos começaram a coçar e ela se virou para o outro lado, para que o pai não visse as lágrimas que se formavam neles.

— Não sabemos até quando estaremos aqui, filha; nem eu, nem você, nem ninguém. O que eu quero dizer é só... – ele parecia engasgado, mas forçou-se a continuar falando. – Vamos aproveitar o que temos, está bem? Não é o que dizem? Viver o presente, viver o que temos agora?

Ele remexeu a areia com o pé, respirando fundo.

— Se for para perder você, filha, não quero que isso aconteça desde já. Não quero perder você enquanto está aqui, entende? Vamos enfrentar isso juntos, como enfrentamos tudo.

Exceto que não havia o que enfrentar. Exceto que aquilo era uma sentença de morte.

E Megan não queria morrer.

Ela se virou para olhar o pai, que sorria de um jeito triste, apesar de tudo.

— Nós ainda temos tempo, Megan. Para nós. Para viver.

Capítulo quatro – Porque sim

— Quando vamos contar a ela?

Megan olhou para a silhueta pequenina da irmã, que ria e caminhava junto com suas amiguinhas, arrastando um carrinho com a mochila das Meninas Superpoderosas atrás de si. Ela e o pai estavam encostados no carro, ambos de braços cruzados, esperando a hora da saída de Mina da escola.

— Nós precisamos contar em algum momento, Meg. Você sabe bem disso.

— Ela já sabe.

O pai se virou para encará-la, surpreso, até um pouco assustado. Megan suspirou.

— Quer dizer, ela já imagina, pai. É uma menininha esperta. Você vai ver, ela não vai ficar surpresa.

— É, ela é esperta mesmo. Como você e a mãe de vocês. – Renato sorriu. – Só eu sou o burro da família.

— Pai, não fala assim!

— Tudo bem, toda família precisa de um, e, além do mais, o Burro é meu personagem favorito de *Shrek*.

Ele fez uma careta, imitando o personagem, e Megan riu mesmo sem querer.

— Mas não vamos contar hoje, certo? – o próprio pai insistiu, tirando um peso do coração de Megan. – Hoje nós vamos aproveitar o dia. Só nós três.

Ele sorriu para Megan, um sorriso tímido e triste, que a garota retribuiu. Ele parecia que ia dizer alguma coisa quando Megan sacou o celular do bolso do seu jeans, que vibrava. Três mensagens.

— É o Daniel? – o pai perguntou na mesma hora. Megan achou estranho, mas ele tinha uma expressão divertida no rosto.

— É ele sim – a garota respondeu, indiferente. – Quer saber como foi a consulta. Não sei o que dizer a ele.

— Diga a verdade, filha. Ele é um bom amigo e merece ouvi-la.

A garota suspirou e começou a digitar uma mensagem. Começou escrevendo "tudo bem", mas logo apagou. Nada estava bem, como ela poderia começar dizendo logo isso a ele? Mas se não dissesse nada era capaz de Daniel bater na porta de sua casa, apavorado e cobrando uma explicação. Ele podia ser bem insistente quando queria. Acabou digitando "*ok. amanhã te conto melhor na escola, blz? vou fazer um programa família aqui*" e enviou, torcendo para que bastasse. Guardou o celular novamente no bolso e, mesmo com um peso no peito, sorriu para Mina, que corria para eles com os bracinhos abertos.

— Minhas pessoas favoritas! – Ela disse, abraçando as pernas do pai e da irmã. – Por que os dois tão aqui hoje?

— Ih, vai começar a sessão do "por que isso, por que aquilo" – Renato comentou, rindo. – Porque sim, oras. Porque sim, menininha.

— Porque sim, Zequinha, porque sim! – Megan a beliscou na barriga, fazendo-a rir.

— Porque sim não é resposta! – Mina disse, entrando no carro. Quando Megan estava colocando o cinto, o pai se virou para a menina no banco de trás e disse:

— Eu já sei por quê! Já sei, Meg! – Ele segurou seu ombro com uma careta feliz e travessa que parecia impossível algumas horas antes. – Porque eu tenho uma surpresa pra vocês!

No final a surpresa era uma visita ao mercado, na qual Megan e Mina puderam escolher as guloseimas que quisessem para uma tarde e uma noite inteira de filmes em casa. Entre pacotes de salgadinhos, caixas de bombons, sorvete, refrigerante e confeitos de chocolate, os três assistiram pela terceira vez a *Meu Malvado Favorito* seguido de *Frozen*. Mina ficou cantando por horas "*Você quer fazer um boneco de neve?*" até que Megan jogou três pedras de gelo em seu colo. Rapidamente elas viraram atração para Alanis, que tentou caçá-las pelo chão da sala até que derretessem.

Quando tinham passado da metade de *Rio*, tanto Mina quanto Renato já estavam dormindo, jogados no sofá: a garotinha estava aninhada no colo do pai de um lado, enquanto do outro se encontrava um pacote de batatinhas. Megan checou o celular: duas mensagens de Daniel.

"*pq só amanhã? q houve?*"

"*amanhã se tu me enrolar vai ver, hein, cabeça de fanta uva*"

Megan suspirou, os dedos acima do teclado, pensando em uma resposta. Não fazia a mínima ideia de como contaria aquilo a Daniel, mas seu pai tinha razão, ele era um bom amigo e merecia a verdade. A garota só queria que ela não fosse tão dura. Só de pensar em contar tudo parecia que estava novamente presa àquele momento, no qual a doutora contara todas aquelas coisas. No final, apenas digitou um *"ok, a gente se fala"* e largou o celular. Observou o pai e a irmã, mas, com pena de acordá-los, apenas desligou a televisão e começou a recolher as coisas.

Seu pai transformara aquele dia horrível em algo bom. Ela não sabia como ele tinha conseguido esse feito. Por muitos momentos, Megan se esqueceu da consulta e da notícia horrível que ouviram dentro daquela sala. Parecia apenas um sonho ruim, distante. Mas agora, com as luzes apagadas e o silêncio, era difícil não pensar no assunto.

Ela sabia muito bem como funcionava a rotina de tratamento para um câncer, especialmente aquele, e por isso as perspectivas eram ainda piores. Não era sua imaginação criando coisas horríveis: o que estava por vir era realmente ruim. Talvez aquela tivesse sido uma das últimas vezes que comeria tanta porcaria sem vomitar. Talvez aquela tivesse sido uma das últimas vezes que teria vontade comer porcaria. Talvez aquela tivesse sido uma das últimas vezes que teve disposição para coçar a barriga de Mina e vê-la rir até chorar. Talvez aquela tivesse sido uma das últimas vezes que riria até chorar.

Olhou novamente para o pai e a irmã dormindo tranquilos na sala.

Talvez fosse uma das últimas vezes que passaria um dia bom com sua família.

Por mais que tivesse ouvido e sentido as palavras do pai, era difícil acreditar nelas. Não parecia que tinham muito tempo agora. Assim que ela começasse aquele maldito tratamento, ela sabia, as paredes começariam a se fechar.

Largou a louça na pia, sem cabeça para aquilo. Inspirou profundamente. Talvez alguém pudesse ajudá-la. Alguém que já tivesse passado por tudo o que ela estava passando agora.

Megan cruzou a sala sem fazer barulho; a porta do quarto dos seus pais estava entreaberta e ela sentiu um arrepio inesperado – o espelho. Era como se sentisse a presença dele, vibrante, do outro lado da porta, apenas esperando... Esperando por ela.

Não, ela não ia se entregar. Existia outra coisa... Outra *pessoa* que poderia ajudá-la. Encostando a porta de seu quarto, Megan apanhou o diário da mãe que estava enfiado no fundo da bolsa. Sentou-se sobre sua cama, alisando a capa do caderno. Sua mãe era muito mais real naquelas palavras do que do outro lado do espelho.

Dessa vez Megan decidiu lê-lo desde o início. Tinha que haver algo ali que a ajudasse, qualquer coisa. Sua mãe tinha perdido a batalha, era verdade, mas ao menos poderia haver algo que a consolasse. E havia o fato de que sua mãe também ultrapassara o espelho.

Marina tinha começado a escrever o diário alguns dias após cruzar o espelho pela primeira vez. Ao que parecia, ela decidira criar um registro de uma experiência fantástica e surreal. Ela narrava algumas coisas muito parecidas com o que a própria Megan vira do outro lado: uma casa igual à sua, só que ao contrário; uma vida parecida, mas com alguns detalhes diferentes, como o reflexo de um espelho. Havia seu pai, Renato, os dois casados, com uma vida boa, confortável, e uma relação amorosa, como a que tinham desse lado – isso era igualzinho ao lado de cá. Havia Mina também, com a pequena diferença de ela ser uma menina chorona, o que era o inverso desse lado, já que Mina sempre foi do tipo que engolia o choro – às vezes até o rostinho ficar roxo de um jeito preocupante. Mas havia uma diferença crucial do outro lado.

Megan não existia.

Megan não está aqui! Como isso pode estar acontecendo?

Mas ela está. Não acredito que ela esteja aqui! Minha filha, viva...

Megan sentiu a respiração faltar. Havia outra garota em seu lugar, alguém de cuja existência ela sequer sabia. Sua mãe nunca dizia seu nome nos relatos, apenas a chamava de "ela", "minha filha" ou "minha menina". Talvez fosse uns dois anos mais velha que Megan, pelo que sua mãe descrevia. E era a sua filha naquele lugar.

Então é assim que ela seria se estivesse viva?

E foi lendo aquelas páginas que Megan descobriu: sua mãe tinha perdido um bebê. Dois anos antes de Megan nascer, outra menina deveria ter vindo ao mundo – na verdade, ela viera, mas tarde demais. Nem sua mãe ou seu pai jamais tinham mencionado o assunto. No diário, Marina dizia que a menina já nascera morta.

Ela foi do hospital para o cemitério. Foi enterrada em uma caixinha tão pequena quanto ela. Eu e Renato sequer tivemos a chance de conhecê-la, de ver seus olhinhos abertos para o mundo. Ela já estava morta dentro de mim.

Seus pais enterraram aquele segredo.

Porém, do outro lado do espelho, lá estava ela. *Viva.*

No lugar de Megan.

Desde que comecei a fazer essas viagens pelo espelho tenho sentido coisas estranhas, dores de cabeça, enjoos. Só melhoro quando estou do outro lado, o lado que não é meu.

Marisa quer trocar de lugar comigo. Ela diz que minha vida será muito melhor do outro lado, mas não consigo... Não consigo fazer isso! Como escolher apenas um lado? Como escolher entre minhas duas filhas?

Marisa pelo visto era o nome de sua mãe do outro lado, assim como para Megan existia Megami. Mas, pelo que sua mãe descrevia, Marisa era uma pessoa boa, talvez um pouco mais obstinada que Marina, mas não ruim. Não como Megami.

Ou talvez sua mãe fosse apenas ingênua.

Marisa também queria trocar de lado, afinal. Como Megami.

Depois havia uma longa distância entre as datas, pelo menos uns quinze dias, o que era estranho, pois sua mãe escrevera quase diariamente. A última anotação era "*Renato me convenceu a ir ao médico, checar essas dores de cabeça e os enjoos constantes. Sei que não estou grávida, então o que poderia ser?*".

Após essa anotação aparecia um trecho que Megan já tinha lido, quando sua mãe descobrira sobre o câncer. Ela ficou vários dias sem ultrapassar o espelho. Porém, quando o fez, descobriu que do outro lado sentia-se bem, como se não estivesse doente.

Marisa diz que posso sobreviver do outro lado. Que lá não existe essa doença, que poderei ainda viver por muitos anos, saudável.

Mas do outro lado não existe minha Megan. Não consigo, não consigo escolher! Não posso escolher entre as duas vidas... E entre minhas duas filhas.

Outro grande espaço entre as entradas no diário. Quando voltou a escrever, sua mãe dizia que a doença estava mais forte do que nunca.

Não tenho vontade de fazer nada.

Todo meu corpo dói. Estou o tempo inteiro enjoada. É um

enjoo muito pior do que quando se está grávida, porque não passa e não há o alento de saber que aquilo é uma coisa boa, que você abriga uma vida dentro do seu corpo.

Há morte dentro de mim.

Mais uma vez.

É meu terceiro dia internada no hospital. Três dias sem ver minhas meninas. Não quis que Renato as trouxesse até aqui dessa vez. Esse ambiente é sujo, faz mal para elas. Eu nunca vejo Mina, mesmo quando ela está aqui; ela não pode subir, é pequena demais, frágil demais. Megan tem apenas dez anos, mas tem um jeito que... Ela sempre acaba convencendo as pessoas. Quando menos espero, vejo seu rostinho determinado na porta do quarto, coberto por uma máscara cirúrgica, observando-me com aqueles olhos redondos e cheios de esperança. A enfermeira a traz até mim, dizendo "não toque em nada, está tudo sujo, cheio de bactérias!", e então Megan está ao lado da minha cama e diz "Mãe!" com tanta doçura... e me diz que vou ficar bem – não é uma pergunta, ela afirma com toda certeza do mundo –, e digo que sim, sim, minha menina, porque não posso dizer a verdade. Ela toca minha mão com sua mão pequena até que a enfermeira diz "já chega, diga tchau para sua mãe e vamos lavar essas mãos" e meu coração salta de tristeza e alívio. Tristeza por vê-la ir embora com aqueles olhinhos cheios de lágrimas, alívio porque ela estará muito mais segura longe daqui, longe de mim...

— Eu não tenho certeza se sou tão boa assim em convencer as pessoas agora, mãe... – Megan disse para sua mãe invisível, ou talvez apenas para si mesma, no quarto vazio. Não sabia que era assim que sua mãe a via. Seria bom recuperar aquela esperança de anos atrás, mas ela estava perdida, assim como Marina.

Não posso deixar Megan. Mas, não importa o que escolherei, vou deixá-la de qualquer maneira.

E também sinto tanta falta da minha filha...

Três dias sem passar para o outro lado do espelho.

Preciso voltar para casa, para o meu quarto. É lá que está o espelho e a minha cura. Eu sei, eu sinto! Toda vez que vou para o outro lado... me sinto viva novamente. Sei que há algo lá que pode me ajudar.

Tenho que ficar bem, como prometi à minha filha.

Tem que haver um jeito. Um jeito de ficar tudo bem, um jeito que eu não precise deixá-la... Ou Megan. Não quero abandonar nenhuma das duas. Não posso.

Megan releu o trecho atentamente, apesar das letras estarem se embaralhando agora. Ela mencionara *"cura"*? Do outro lado do espelho?

E ela estava em dúvida. Entre ela e *a outra.*

Megan fechou os olhos com força, sentindo uma enorme pontada na nuca. *Não, não agora.* As letras começavam a formar pontinhos minúsculos que dançavam acima do papel, cada vez mais rápido. Não, não! Ela precisava ler. Tinha que saber mais!

Porém, conforme lia cada página, Megan percebia que os relatos da mãe começavam a se tornar mais assustados, até mesmo desesperados. Marisa estava se tornando agressiva; toda vez que sua mãe atravessava o espelho, Marisa insistia que ela tinha que escolher. E então Marisa começou a atravessar também para este lado.

Marisa diz que meu tempo está acabando. Sei muito bem disso, estou morrendo. Ela diz que terei que abandonar alguém. Ela diz que para salvar uma vida deve-se sacrificar outra. "Alguém tem que sair da sua vida, Marina, para que você continue nela. Um lugar ocupa o outro. Não pode haver nem uma pessoa a mais ou a menos em qualquer um dos mundos."

Na noite passada, ela veio para esse lado comigo e despertei do fundo do canto escuro da minha mente onde ela me colocou bem a tempo.

Minhas mãos estavam em torno da garganta de Mina.

Não posso fazer essa escolha. Isso tem que acabar agora.

Capítulo Cinco – Não imagine que está acabado

Megan abriu os olhos, assustada, após dormir o que pareceram apenas alguns minutos. Viu a sombra de seu pai sobre si. O quarto ainda estava escuro.

— Não! – ela disse, puxando o lençol até o queixo. Seu pai estava vindo dizer que *tinha acontecido*. Ela se fora, ela se fora, sua mãe! Ela nunca mais voltaria.

— Calma, filha – disse ele, pousando a mão no seu ombro com delicadeza. – Só vim acordá-la para a escola, perguntar se está tudo bem... Você tem certeza que quer ir hoje mesmo?

Megan olhou os lados, a respiração ainda descompassada. Mina estava dormindo. Por um instante, pensou ter voltado no tempo, mas a verdade é que ainda estava ali e não era mais uma criança. Essa época tinha ficado para trás.

— Tudo bem, pai, eu vou. Tô bem.

Ela se virou para sair da cama, calçando os chinelos, um pouco irritada. Por que ele tinha vindo acordá-la, afinal? Renato não costumava fazer isso. Ela estava bem, ainda não estava morrendo. Não era isso que ele tinha dito? Que tinham tempo? Então por que fazer as coisas de um jeito diferente?

Logo depois desse pensamento, Megan se sentiu envergonhada. Renato estava naquele exato momento acordando Mina com a mesma doçura com que a despertara. Talvez ele apenas estivesse aproveitando que *ainda* podia ir até o quarto das filhas, encontrar *as duas* ali e acordá-las para a escola. Um dia abençoadamente comum.

A rotina é uma coisa boa no final das contas.

Era um dia que parecia com todos os outros. Eles tomaram café, arrumaram-se para a escola e o trabalho, Renato teve que abrir a porta duas vezes porque Mina se esquecera de pegar um livro e depois porque ela insistiu em conferir se havia comida suficiente para Alanis no potinho.

Após deixarem uma animada Mina na escola, seu pai deu a partida no carro e disse:

— Você já pensou em quando vamos contar a ela?

— De noite. Talvez – Megan respondeu, distraída. O pai apertou de leve sua coxa, como para transmitir coragem.

— Nós faremos juntos, filha.

— Vou ter que contar hoje ao Daniel. Dele não vai dar pra escapar – Megan confessou, sentindo a voz faltar. Ela notou quando o pai a olhou com algo que parecia pena e detestou a sensação.

— Você já sabe como vai fazer?

— Não... Suponho que... Sei lá. Na hora eu vejo.

— É. Não deixa de ser um plano.

Ela não sabia dizer se o pai estava ou não tentando encorajá-la ou se, como ela, achava que aquilo era completamente ridículo. Mesmo assim, quando parou na frente da escola, Renato a abraçou apertado e disse "boa sorte" com a voz tão embargada que ela não teve nenhuma dúvida.

— Não se esqueça de entregar os atestados na coordenadoria – ele recomendou. – E já avise que você tem outra consulta na sexta.

— Essas consultas poderiam ser de tarde – Megan reclamou. – Eu fico perdendo um monte de aulas.

Renato deu de ombros, chateado.

— Eu sei, mas a sua pediatra só atende de manhã. E... – Megan se virou para ele e enfiou a cara pela janela; já estava quase indo embora. – Nós vamos ter que contar na escola também, você sabe.

Megan murchou ainda mais.

— Ah, pai, nem lembra disso agora.

— Mas é verdade, filha. Eles precisam saber.

— Não quero que isso se espalhe. Vai ficar todo mundo me olhando esquisito.

— Você não tem do que se envergonhar, Meg.

A garota revirou os olhos. Como poderia fazê-lo entender que aquilo era simplesmente um saco? Que se seus colegas da escola soubessem seria pior do que horrível? Ela não sabia de ninguém naquela maldita escola além de Daniel que fosse com a sua cara. O que aquelas malditas patricinhas diriam? Argh, ela não queria nem pensar, nem pensar!

— Não é isso, pai. É... Sei lá, só vamos esperar mais um pouco, ok? Há pessoas mais importantes que precisam saber. O Daniel, a Mina... A vovó.

Foi a vez de Renato torcer o nariz.

— Não que ela mereça.

— Pai!

— Certo, certo... Vou falar com a minha mãe. Em algum momento. Só espero que ela seja mais... *humana* dessa vez.

Você não ouve todo dia um filho falando assim da própria mãe, especialmente para seus próprios filhos, mas Renato tinha um grande problema com a vovó. Ela meio que parou de ser *mãe* quando ele se casou com Marina. E, quando a mãe de Megan ficou doente, ela foi cruel. *Desumana*, realmente, era a palavra certa para descrever aquela época. Vovó não somente detestava a esposa do filho: ela a odiava.

Foi por isso que Megan e até mesmo Mina visitaram tanto o hospital: Renato não tinha quem cuidasse delas. Os avós maternos das meninas eram falecidos e nem Marina nem Renato tinham irmãos. A única avó viva das meninas era a mãe de Renato, mas ela insistia que não ajudaria Marina – nem mesmo olhando as próprias netas. Megan se lembrava de que, muitas vezes, ela e Mina tinham ficado na casa de Daniel, mas seus pais não poderiam abrigá-las todos os dias. Nem uma vez a avó delas ficou no hospital. Ela sequer compareceu ao enterro. Na verdade, depois disso, Renato passou um ano sem falar com a mãe, desligando na cara dela quando ela ligava. E agora ele só ligava muito a contragosto nas festas: Natal, Páscoa, essas coisas, e nada mais.

— Qualquer coisa, me liga, filha. A qualquer hora, ok? – Renato recomendou com preocupação, acenando para Megan e dando a partida.

Ela ainda estava observando o carro desaparecer na rua quando ouviu uma voz conhecida logo atrás de si:

— Ok, cabeça de Fanta Uva. Desembucha.

Megan quase deu um salto. Atrás, e muito acima dela, para ser específica, estava Daniel, com uma expressão de expectativa no rosto, uma mochila abarrotada nas costas e um livro no braço, como sempre.

— Desembucha o quê, criatura? – Megan perguntou, sabendo muito bem o que ele queria dizer.

— Oras, como foi ontem no médico – disse ele, enquanto entravam na escola. Megan olhou o relógio: vinte minutos para o início da aula. Vinte minutos seriam o suficiente para o que teria a dizer? Ela olhou para os lados, enquanto subiam as escadas. Na porta da sala de aula conversavam, de pé, as três garotas que Megan mais detestava na escola: Stefanie, Renata e Milene. A última encarou Megan com um olhar maldoso cheio de rímel.

— Vamos só subir mais alguns lances de escada e aí a gente conversa, Dan. O terceiro andar sempre tá vazio a essa hora.

Daniel pareceu não entender o porquê do pedido de Megan, mas também não discutiu. Eles subiram e se acomodaram no chão, lado a lado, com as costas apoiadas na parede. O corredor estava mesmo vazio; naquele andar havia apenas algumas salas de aula que só eram utilizadas no período da tarde, o laboratório de química e a biblioteca.

Megan torceu as mãos, nervosa. Olhou para o relógio novamente. Talvez eles perdessem a primeira aula. Mas ela não poderia deixar para depois, afinal Daniel estava com aquela cara de que se-você-me-enrolar-vou-arrancar-sua-cabeça-fora. Mal ele sabia que faria um favor a Megan em vista do que havia dentro dela.

Depois de muito inspirar e expirar, procurando uma coragem que não existia, Megan fechou os olhos e resolveu falar de uma vez.

— É o seguinte, Daniel, não tem como falar de um jeito melhor: vocês todos tinham razão.

— O quê?

— É isso mesmo – Megan disse rápido, como se fosse mais fácil daquele jeito, como se fosse apenas um esparadrapo que precisasse ser removido o quanto antes. Se fosse rápida, doeria menos. – Estou com câncer no cérebro. Sim, é igual ao da minha mãe. Não, não dá pra operar. Sim, eu vou morrer.

Ela ouviu o som de algo batendo no chão. Abriu os olhos. O livro de Daniel tinha escorregado de suas mãos e caído aberto em um ângulo estranho, amassando a capa e as primeiras páginas. Ele não pareceu se importar – na verdade, sequer percebeu; olhava para Megan com os olhos e a boca extremamente arregalados.

— Bem, não é *agora*, Dan. Você não precisa escrever meu epitáfio nos próximos cinco minutos, ok? Não vou cair dura por aí – ela disse, afastando a ideia como um mosquito sem importância, mas sentindo a garganta incomodamente engrolada. – É... Sei lá. Eu vou fazer tratamento, certo? Vou fazer o maldito tratamento e então a gente vê no que dá.

Foi nesse momento que Daniel, sem falar mais nada, abraçou-a. Assim, sem mais nem menos. E muito apertado, tanto que por um instante Megan perdeu o ar. Ela conseguia sentir as batidas rápidas do coração dele contra o seu. Daniel pressionava o rosto em seu pescoço, em seu ombro, na camiseta, e arranhava suas costas por cima do tecido. Seu corpo tremia.

— Dan... – Ela ouviu a própria voz, tímida, tremendo. Ele a apertou ainda mais, como se assim, apenas abraçando-a, fosse conseguir mantê-la ali para sempre.

Megan o abraçou de volta, envolvendo-o em seus braços, escondendo o rosto em seu ombro. Quando deu por si, havia lágrimas quentes escorrendo dos seus olhos. Foi a primeira vez que ela chorou, *chorou de verdade*, desde o dia anterior, quando recebera a notícia.

— Você não pode ir embora! – Daniel disse com a voz rouca, quebradiça, embargada. – Pare com isso, Meg!

Ela tentou responder, mas descobriu que a voz não saía. Ela ia embora. Ele estava dizendo isso e ela sabia, *sabia*, mas não queria admitir. E o que significava *ir embora*, afinal? Um vazio. Deixar sua família, deixar Daniel. Deixar sua vida para sempre. Nunca mais voltar. Sem segundas chances. Sumir, desaparecer. Ficar longe de todos. Interromper uma história sem um ponto final. Ficar sozinha. Virar nada.

Por que aquilo estava acontecendo de novo?

Eles só ficaram daquele jeito, abraçados, sem dizer nada. Agora que as lágrimas finalmente tinham chegado, pareciam não querer mais ir embora. Daniel a apertava tanto que chegava a doer, mas Megan não reclamou. Era uma dor boa.

Mas as coisas boas sempre terminam.

— Ei, olha só o que encontramos por aqui!

Daniel e Megan se separaram na mesma hora. Três garotas estavam paradas na entrada do corredor. *Merda*, Megan pensou, escondendo o rosto atrás de Daniel e limpando depressa as lágrimas que ainda escorriam por seu rosto, mas era tarde. Milene se aproximou, ladeada por Stefanie e Renata, as três com seus cabelos perfeitos e sua maquiagem intocada. Daniel as encarava como se tivesse acabado de pisar em cocô de cachorro. Aquilo melhorou um pouco o embrulho no estômago de Megan.

— *Dani* – Milene disse com sua voz enjoativa, abaixando-se para mostrar o decote para o garoto –, você está perdendo tempo com *isso* aí. Pega mal você com *ela*. Tem garotas *de verdade* nessa escola.

Daniel abriu a boca para responder, mas Megan foi mais rápida. Ela tinha uma filosofia de vida e aplicou-a naquele momento: se você já está ferrado, não tem problema se ferrar só mais um pouquinho. E não tinha como as coisas piorarem, tinha? Por isso, ela se ergueu, ao mesmo tempo em que seu punho direito se fechou e um soco (não um tapa, era daquilo que aquela vaca precisava) encontrou o rosto caprichosamente maquiado de Milene. As juntas dos seus dedos toparam com algo entre a bochecha, o nariz e a boca da garota. Doeu, doeu como o diabo, e Megan gritou, mas a dor só fez aumentar sua raiva. Milene também gritava, um grito agudo que estourava os tímpanos, enquanto as outras garotas berravam. Havia um filete de sangue escorrendo pelo rosto de Milene e pelos dedos de Megan, misturado com batom. Daniel disse alguma coisa, mas Megan não parou; empurrou Milene até a parede, segurando seus braços magricelas e, com os rostos quase colados, rosnou:

— Você vai ver quem é a garota de verdade agora.

— Megan! Pare! – Daniel disse de algum lugar e, logo em seguida, ela sentiu seus braços envolvendo sua barriga e puxando-a para trás. Megan se debateu e ainda conseguiu arranhar os braços de Milene antes de soltá-los. Ela ficou cheia de vergões vermelhos na pele. – Pare, cacete! Pare! Porra, chega, Megan!

Enquanto isso, Milene finalmente tinha percebido que seu belo nariz estava arruinado. Ela começou a chorar, enquanto Renata a acudia e Stefanie gritava:

— Sua selvagem! Você vai ser expulsa por isso!

— Foda-se! – Megan retrucou, rindo. – Já está tudo ferrado mesmo!

Não demorou para que o barulho e a gritaria atraíssem curiosos. O corredor se encheu de alunos em poucos minutos e logo uma inspetora de cara amarrada e o professor de redação – o professor preferido de Megan, um sujeito baixinho, atarracado e gentil chamado Amir – apareceram. O estômago de Megan afundou. Ele abriu caminho entre os alunos curiosos e olhou de Megan – Daniel ainda a segurava – para Milene – acudida por Stefanie e Renata. Megan logo percebeu que ele entendera tudo errado. Seu olhar de decepção era terrível.

— Uma briga de meninas – ele constatou. – E entre alunas da minha turma – Os olhos do professor focaram o punho sujo de sangue de Megan. Ela tentou escondê-lo, envergonhada, mas já era tarde. – Não esperava isso de vocês – ele disse para ambas, mas Megan sabia que a frase era para ela. – Vamos, as duas, vou levá-las para a coordenadora.

— Mas, professor!

— Foi ela!

— Ela começou!

— Ela é uma selvagem!

As vozes de Stefanie, Renata e Daniel se confundiam. Megan

não disse nada. Milene também não, mas havia um sorrisinho pulsando em seu lábio borrado de sangue e batom e ela encarava Megan por trás dos cabelos desarrumados. A garota sentiu o punho se fechar novamente, mas dessa vez se conteve.

Daniel a soltou e isso fez Megan se sentir mais vazia. Era ridículo, não fazia o menor sentido, mas a proximidade dele lhe dava uma migalha de alento.

— Mas ela está sangrando, professor! – disse Stefanie.

— Culpa dela! – Renata acusou, apontando Megan dramaticamente, como se fossem criancinhas do maternal. A isso se seguiu um coro de curiosos que queriam meter o bedelho onde não foram chamados. O professor ergueu a voz para pedir silêncio e se inclinou para observar o rosto de Milene, que, apesar de já ter parado de derramar lágrimas, logo fez voz de choro e reclamou de dor.

— É, parece que machucou o nariz – ele disse, chamando a inspetora. – Pode levá-la para fazer um curativo?

A inspetora resmungou alguma coisa sobre alunos baderneiros enquanto seguia acompanhada pelas garotas. O professor apenas fez um gesto e pediu para que Megan o acompanhasse. Ela olhou para trás antes de acompanhá-lo. Daniel a fitava com desânimo e murmurou algo sobre guardar sua mochila.

O caminho para a sala da coordenadora foi silencioso. O professor Amir seguiu na frente, sem dizer nenhuma palavra. Megan também não se atreveu a abrir a boca; sentia um misto de vaidade e vergonha. Orgulho por ter finalmente dado uma lição naquela garota – que merecia – e embaraço por desapontar um dos professores mais legais e que a tratava muito bem. Antes, porém, que entrassem na sala da coordenadora, ele se virou para Megan e perguntou:

— Você está bem, Megan?

Aquilo a surpreendeu tanto que ela mal conseguiu responder. Foi quanto ele apontou para seus dedos, que estavam machucados. Megan os cobriu com a outra mão. Agora que a adrenalina tinha passado, ela os sentia arder, mas de alguma maneira aquela dor a acolhia. A única coisa que conseguia pensar é que era uma dor que ela causara, que sabia exatamente o porquê, não algo injusto e aleatório.

Flexionou os dedos, fortalecendo a voz quando disse:

— Estou bem, professor. Não é nada.

Ele suspirou, colocou a mão na maçaneta da porta, mas não

a girou. Ao invés disso, afastou Megan alguns metros da sala e sussurrou:

— Por que você fez isso, Megan? Nunca a vi ter um comportamento violento ou discutir com outros alunos. Você é tão...

— Na minha? – Ela sugeriu, encarando o professor, que silenciou. – Eu ficava ouvindo essas garotas falando de mim o tempo inteiro, professor. Só que tem uma hora que a gente cansa.

— Mas não é assim que a gente resolve as coisas, Megan, com violência! Você poderia ter falado com algum professor, com a coordenadora. Comigo.

Megan precisou de todo o autocontrole para não rir. *Bullying* ultimamente é um assunto que aparece direto na tevê, mas os "entendedores" não compreendem de verdade como é para quem passa por isso, especialmente se você for adolescente. Se tratavam Megan como lixo agora, o que fariam se ela corresse para contar sobre as provocações e as humilhações para algum professor? E até parece que eles não notavam; as coisas aconteciam bem debaixo do nariz deles, não precisava nem falar.

Havia essa frase que sua mãe disse para ela, logo quando entrou na escola, algo sobre respeito, qual era mesmo? Megan fez força para se lembrar, mas havia um branco em sua cabeça. Será que era por causa do tumor? Será que era por causa do maldito câncer? O que mais ela podia esquecer?

— Megan – o professor a chamou novamente e a garota despertou de um transe. – Eu estou falando com você.

Megan bufou, abaixando os olhos.

— Professor, não adianta.

— Bem, se você sofre *bullying* – *ha, lá estava o termo da moda!* – eu vou reportar isso pra coordenadora. Mas sabe que nada justifica o que fez. Você vai ser punida por isso.

— Vou ser expulsa? – Megan deixou escapar a pergunta, ouvindo novamente a vozinha de Stefanie em sua cabeça, provocando-a. Ela sentiu a voz tremer só um pouquinho e quase riu. Era idiota se preocupar com isso, não? Era bem estúpido porque logo não haveria escola, nem *bullying*, nem nada. Nem mesmo Megan.

O professor lançou-lhe um olhar que era quase de dó, e Megan o detestou por isso. Não queria pena. Ele nem sabia de nada e já estava com pena. Como seria dali para a frente? Ela esperava que seu pai não contasse. *Ai, meu Deus, desse jeito ele vai contar tudo hoje mesmo para a coordenadora!*

— Vocês vão chamar meu pai, né?

— Megan – o professor repetiu. – Calma, menina. Sim, a coordenadora vai chamar seu pai. E não, você não vai ser expulsa. Mas provavelmente vai levar uma suspensão e isso fica na sua ficha.

Megan deu de ombros. Que se dane a ficha. Que futuro ela tinha, afinal?

— Você não tem mais nada a me dizer? – o professor perguntou.

A garota apenas fez que não com a cabeça. Não, não adiantava falar mais nada; na verdade, falar doía. Doía sua cabeça, seu coração, doía tudo.

*

A cadeira estava dura.

Naquele momento, essa era a única coisa que Megan conseguia pensar. A cadeira estava dura e sua bunda estava doendo de estar sentada nela por quarenta e cinco minutos (sim, ela cronometrou, não tinha mais nada pra fazer mesmo).

Durante todo esse tempo aconteceram várias coisas.

Megan teve uma conversa longuíssima e chatíssima com a Playmobil (ela teve que fazer uma força tremenda para chamar a mulher de Dona Laura) e quase teve uma intoxicação por laquê (ela deveria levar essa informação à sua pediatra, sério, quem sabe não era o laquê que causava câncer no cérebro de garotas adolescentes? Hein? Era uma teoria válida. Precisava contar isso ao Daniel). A coordenadora gentilmente lembrou-a de que poucos dias antes Megan tinha estado ali por destratar uma professora (a Dona Tanajura, de quem Megan também teve que se esforçar para dizer o nome certo) e que isso estava se tornando um padrão, e que, dessa vez, o "comportamento destrutivo de Megan estava se tornando perigoso e precisava de punição".

Como o professor Amir previra (infelizmente ele teve que deixar a sala para cuidar de suas aulas, de maneira que a situação toda foi ainda mais perturbadora com as duas sozinhas, quer dizer, sozinhas não, havia o laquê, o elefante branco na sala), Playmobil lhe dera três dias de suspensão e uma redação para fazer (foi sugestão do professor Amir, a redação era difícil, mas era melhor do que um trabalho de biologia, pelo menos).

Depois de tudo isso, Dona Laura-Playmobil ligou para o pai de Megan. Essa foi a pior parte. Ela apenas ficou ali, sentada em uma cadeira obviamente não desenvolvida para abrigar nádegas humanas, enquanto a mulher falava num tom monótono, severo e profissional com Renato, e ela sequer podia ouvir as respostas dele. Depois que desligou o telefone, a coordenadora informou a Megan que seu pai prometera estar ali em meia hora e que ela deveria esperar numa das cadeiras (também duras) no canto da sala.

A meia hora tinha se transformado em cinquenta minutos (já tinham se passado mais cinco minutos, Megan estava checando o relógio o tempo todo). Seu pai provavelmente tinha levado uma coçada de rabo por ter saído do escritório no meio do expediente. Será que ele ainda conseguia ficar bravo com Megan ou o câncer anularia as broncas? Não, era errado pensar assim. Ela tinha ferrado com o pai, merecia uma bronca, ele poderia perder o dia no trabalho por isso. Não importava que ele era chefe, todo chefe tem um chefe acima, e ela sabia que ele tinha o dele. Mas, de verdade, tudo que Megan conseguia pensar era que sua bunda estava doendo.

Pelo menos o nariz de Milene estava uma graça. Sério. Seria legal quando todo mundo na escola visse. Havia um monte de esparadrapo no meio do seu rosto; o nariz era agora praticamente *feito* de esparadrapo. Megan comentou baixinho que combinava com o seu cabelo, e foi a vez de Milene quase partir para cima dela. Foi nesse momento que a Playmobil soltou um grito de furar os tímpanos e mandou as duas calarem a boca até "os adultos chegarem", como se elas fossem duas criancinhas.

Milene tinha aparecido por lá uns dez minutos depois que o sermão da Playmobil acabara. Ela levou um pequeno sermãozinho também (o professor Amir contou sobre o *bullying*), mas como *bullying* não quebrava nariz na cabeça de Dona Laura – aparentemente, só o punho assassino de Megan era capaz disso, e ela quase deu pulos de alegria quando descobriu que o nariz de Milene tinha realmente quebrado –, é claro que o feito de Megan era mil vezes pior e "inadequado para uma mocinha". Argh. Tinha sido muito adequado, sim, senhora. Megan tinha que contar isso a Daniel: ela tinha um punho assassino, tipo o do Ryu no *Street Fighter*, e seu punho assassino super-irado tinha quebrado o nariz de Milene!

Bem, resumindo, a bronca de Milene fora *bem* menor. E também havia o fato de que ela começava a chorar e dizer que o nariz estava doendo quando a Playmobil falava em um tom um pouco mais severo. De qualquer jeito, Dona Laura também chamou a mãe de Milene lá e agora as duas estavam esperando uma de frente para a outra, encarando-se como se estivessem numa batalha com os olhos. Megan preferia seu punho assassino.

Devido àquelas coincidências cósmicas que ninguém entende de verdade o porquê (Megan desconfiava que fosse o fato de que Santos, apesar de não ser uma cidade tão pequena assim, parecia um ovo quando se tratava de encontrar pessoas), Renato e a mãe de Milene – uma mulher magra *demais*, tão esquelética que dava medo, cheia de anéis e pulseiras barulhentas – chegaram juntos, aparentemente repetindo o comportamento das filhas, ou seja, discutindo (sem socos, obviamente).

Megan gelou quando o pai olhou para ela. Ela não conseguiu identificar o que ele sentia, não sabia dizer se ele estava nervoso ou com medo ou, pior, desapontado, e não saber a deixava apavorada. Ele apenas olhou para a mão direita de Megan – ainda meio vermelha e manchada de sangue – e seus lábios tremeram. Ela não sabia o que era. Droga, como ela não sabia o que era?! Seu pai era transparente feito um maldito copo d'água! Será que o tumor estava afetando também sua capacidade de observar as pessoas?!

A isso se seguiu uma conversa a portas fechadas entre os pais e a coordenadora. Megan e Milene tiveram que esperar no corredor, fora da sala. E, claro, longe de olhares vigilantes, Milene começou a provocar:

— Você é retardada, garota.

Megan apenas a olhou com o canto dos olhos.

— Você quer levar outro soco?

— *Qual é o seu problema?!* – ela exclamou, indicando o nariz. – Você ao menos se ligou no que você fez?

Essa garota vem falar de "problemas" comigo? Megan abriu a boca, disposta a falar um palavrão, mas resolveu mudar de tática.

— Que eu saiba, Milene – Megan a interrompeu – você é quem tem um problema aqui. E um nariz quebrado. Você fica me provocando *por nada*. Chega disso!

— Saia do meu caminho, garota – Milene disse, apontando um dedo no meio da cara de Megan.

Quando ela já estava pronta para responder, as duas ouviram gritos na sala da coordenadoria e brigaram por uma vaga na fresta da porta para espiar. Mas não durou muito. Os gritos eram tão altos que dali a pouco toda a escola ouviria.

A exemplo da filha, a mãe de Milene estava com o dedo apontado para Renato, que devolvia o olhar com algo que parecia pena, mas poderia ser também desprezo.

— A culpa é sua que o rosto da minha filha está destroçado! – a mulher dizia. – Mas é claro que a menina seria uma *selvagem* – opa, lá estava o termo que todos adoravam usar para definir Megan – sendo criada por um homem como você! Imagine, onde está a mãe dessa menina?

— Morta – Renato declarou calmamente, ao mesmo tempo em que Megan sentia algo amargo na garganta.

Sim, definitivamente era desprezo em seu olhar. Era aquele olhar que Megan entendia muito bem, pois ela mesma o utilizava às vezes: como se algumas pessoas fossem baratas, felizes em suas vidinhas e seus probleminhas, sem saber o quão horrível a vida poderia ser de verdade. Seu pai se virou para a coordenadora e continuou a falar:

— Eu não vou ficar aqui ouvindo essas coisas. Ninguém vai questionar a criação que dou para a minha filha. Não vou discutir o castigo que a senhora deu, Dona Laura, é justo, Megan realmente errou. Mas também sei que ela teve um motivo para agir assim e, se essa mãe preconceituosa passou metade de seus valores distorcidos para a filha, já podemos saber por que a menina pratica *bullying* com minha filha e quem sabe com quantos outros alunos. A sua escola precisa abrir o olho para essa situação.

— Ei, você não pode ir embora assim e me deixar aqui falando! – disse a mãe de Milene.

— Posso e vou, minha senhora. É por causa da sua arrogância que sua filha não tem respeito pelos outros. Eu e minha filha temos problemas maiores com que nos preocupar. Com licença.

Renato deixou a sala e abriu a porta, dando um encontrão nas garotas que espiavam. Ele olhou para as duas, revirou os olhos e chamou Megan, mas havia uma sombra de um sorrisinho nele. Megan suspirou aliviada por isso e logo se pôs a acompanhar o pai. Os dois ainda ouviram a mulher gritar atrás deles:

— Vou processá-lo por isso!

Renato levantou o braço sem se virar. Estava mostrando o dedo do meio bem no alto. Megan olhou para trás, mas a mãe de Milene não estava olhando; na verdade, ela já estava esbravejando de novo, dessa vez com a pobre Dona Laura. Megan quase teve pena da Playmobil.

— Pai!

— Megan, nem vem. Um dedo do meio não é nada comparado a um soco – mas lá estava, o sorrisinho outra vez. – Foi bem dado, fiquei impressionado, na verdade... Primeira vez que você soca alguém e já luxou o nariz da garota?

Megan finalmente soltou a respiração. Não percebera que a estava segurando.

— Acho que ela não come direito pra ser magra daquele jeito. Vai ver não toma leite. Falta alguma coisa naqueles ossos molengas dela. Foi sorte.

— É, mas não pense que não estou bravo com você só porque elogiei o soco, *mocinha*.

Megan torceu o nariz ao ouvir aquilo. Eles tinham chegado ao pátio, quase vazio àquela hora, e deixaram para trás os portões da escola.

— Você precisava ter chegado a tanto, Megan? – ele continuou. – Você tomou três dias de suspensão! Eu achei que as coisas seriam difíceis agora, mas não pensei que você ficaria tão revoltada.

Pronto, lá estava. O verdadeiro elefante branco no meio da sala, e não era o laquê da Playmobil. Um elefante feito de células defeituosas que se recusavam a morrer.

— Não é isso, pai – Megan engasgou. Eles estavam entrando no carro agora. Como explicar? Como explicar que não era só a injustiça do câncer, mas tudo? A falta de sua mãe, as provocações na escola, o mundo do outro lado do espelho...

Ela sentiu um arrepio ao se lembrar disso. Parecia que fazia muito tempo, mas na verdade ela só deixara o espelho e Megami para trás havia apenas alguns dias. E nem deixara de verdade; *ela e o espelho ainda estavam lá, no mesmo lugar*. E havia o diário de sua mãe, dizendo que o espelho era a solução, que o espelho poderia curá-la. Que tudo estava interligado.

Não poderia explicar isso para ele. Não quando ele parecia tão triste e cansado, mais velho do que ela jamais o vira, e suas mãos tremiam ao segurar o volante.

— Então o que é, filha? Você pode falar comigo.

Será que podia? O que será que ele diria se soubesse do espelho?

Mas ele também não fora totalmente sincero com Megan, fora? E quanto à sua irmã? E quanto àquela menina que morrera tão pequena, e ele e sua mãe enterraram antes de Megan nascer? A menina que sua mãe reencontrou do outro lado do espelho, *viva*?

E como poderia falar sobre isso com seu pai sem confessar que tinha lido o diário de sua mãe? E se ele quisesse lê-lo? E se já tivesse lido? E se soubesse do espelho?

Renato suspirou, desanimado e, sem dizer mais nada, ligou o rádio na sua estação preferida. Estava tocando Crowded House, uma banda dos anos 80, claro, só para variar um pouquinho o gosto musical do pai. Ele respirou fundo e bufou em seguida, de olho no trânsito, mas com a cabeça longe.

E se ele a proibisse de atravessar o espelho?

Megan mordeu os lábios, observando o movimento da rua, evitando responder à pergunta do pai. Por que tinha pensado nisso agora? Ela queria voltar ao outro lado do espelho? Era perigoso, era insano, mas...

Mas poderia ser uma solução. Para o câncer. Para tudo.

— *There's a battle ahead, many battles are lost... But you'll never see the end of the road while you're traveling with me* – seu pai cantarolou baixinho, batucando com os dedos, distraído, no volante, enquanto parava em um sinal vermelho.

Mas ficar do outro lado? Trocar de lugar com Megami?

Havia sua mãe lá. Ou alguém parecida com ela. Talvez... Talvez Megan pudesse consertar o que estava errado entre elas, consertar o que Megami estragara.

Havia Daniel, e ele gostava dela. Havia Mina, que era uma pentelha (era tão estranho pensar isso), mas Megan seria bem mais legal com ela do que Megami jamais fora e ela talvez pudesse voltar a ser a doce Mina novamente.

— *Hey now, hey now... Don't dream it's over... Hey now, hey now...*

Megan olhou para o pai. Ele disfarçava, mas seus olhos estavam ligeiramente marejados. Ela se odiou por deixá-lo assim, triste. Ele não merecia isso.

Ele estava lá do outro lado também, mas não do jeito que estava aqui. Havia algo errado com ele. Algo que Megami escondia. E Megan não tinha certeza se conseguiria reconquistá-lo do outro lado. Ela poderia perder seu pai para sempre.

Sua mãe obviamente não escolhera o outro lado. Não escolhera nenhuma das filhas. Ela morreu e deixou as duas, uma de cada lado do espelho.

"Alguém tem que sair da sua vida, Marina, para que você continue nela. Um lugar ocupa o outro. Não pode haver nem uma pessoa a mais ou a menos em nenhum mundo."

Megan sentia um aperto no peito ao se lembrar dessa frase. Precisava descobrir o que significava.

— *Don't dream it's over...* – cantou seu pai e, finalmente, a lágrima teimosa escorreu por seu rosto. Ele fingiu virá-lo para olhar o trânsito em uma curva, mas Megan percebeu que ele fizera isso apenas para secar a lágrima com as costas da mão.

Não poderia deixá-lo. Deixá-lo sozinho, *de novo*, como sua mãe fizera. Ela amava seu pai demais.

Mas também não podia morrer. Morrer também seria deixá-lo.

Precisava descobrir uma maneira de consertar toda aquela confusão.

Precisava voltar ao espelho.

capítulo seis – real

Megan fechou a porta de casa atrás de si e encostou as costas na madeira fria. Olhou o relógio. Eram só onze da manhã. Seu pai a tinha deixado na porta do prédio e voltado à empresa. Antes de partir, ele pediu que ela buscasse Mina mais tarde na natação, mas fez uma expressão estranha depois disso, meio apavorado, talvez em dúvida, como se não confiasse totalmente nela. Megan sentiu o estômago afundar, mas não disse nada. Estava um clima estranho no carro e seu pai parecia mais abatido do que nunca, mas ao menos não tinha voltado ao assunto do soco ou da escola.

O apartamento estava em silêncio. De alguma maneira estranha, doía estar ali. Era como se o lugar estivesse vivo. Megan sentiu uma pontada forte na cabeça e se arrastou até a mesa da cozinha, sentando-se com um Toddynho de Mina à sua frente. Não tinha nenhuma vontade de comer, mas sabia que não podia se deixar abater ou o câncer, Megami, todos poderiam vencê-la. E não podia se deixar vencer. Não ainda. Nunca.

Pegou o celular no bolso. Havia cinco mensagens de Daniel.

"fantuva, o que foi aquele gancho de direita? SHORYUKEN!"

"você tá bem? tá encrencada? tá rolando todo tipo de lenda por aqui na escola, QUERO DETALHES! DETALHES JÁ!"

"sou um cara vip, vipaço, LIBERA AS INFORMAÇÃO EXCLUSIVA AÍ MINA!"

"vou passar na tua casa depois da aula, vê se não vai pra outro planeta. É SÉRIO ME ESPERA E NÃO SOME"

"É SÉRIO MESMO!"

Megan sorriu ao ver as mensagens, mas acabou não respondendo. Não estava com ânimo nem para isso. Ainda estava com o pai na cabeça. Não gostava daquela situação com ele; queria-o de volta, ele era seu (outro) melhor amigo. Tudo bem, ela tinha que admitir que o que queria de verdade era sua vida de volta, queria *tudo* de volta, mas sabia que as coisas só tenderiam a piorar a partir de agora.

Sugou mais um pouco do Toddynho. Ele tinha gosto de água suja na língua. Deveria estar doente mesmo, em que universo Toddynho poderia ser ruim? Alanis apareceu se enroscando em sua perna, miando cheia de charme para pedir comida, dando cabeçadas em sua panturrilha. Megan acariciou a gatinha e desistiu do leite. Jogou o resto na pia e estava pensando seriamente em se deitar e tentar uma soneca quando ouviu:

Megan... Meeee-gan!

Ela sentiu cada pedacinho do seu corpo congelar. Conhecia aquela voz. Aquele tom agudo e debochado que, se não fosse por isso... seria igualzinho à sua própria voz.

Uma gravação velha e riscada. Era a voz errada.

Mas não era possível que Megami estivesse *ali*, era? A garota olhou para os lados, para a cozinha vazia. Não havia nenhum espelho, apenas panelas secando na pia, e Megan, sentindo-se louca e paranoica, chegou a ter medo de olhá-las e ver seu reflexo – *o rosto de Megami* – ali.

Deixe de ser estúpida, ela disse a si mesma, quando ouviu um miado alto e estridente. Alanis estava toda eriçada, fazendo aquela pose de caça e ataque que os gatos fazem. "*Fzzz*", ela chiou, encarando com raiva um ponto aparentemente vazio.

Sua avó dizia que gatos eram bichos malignos que viam espíritos e fantasmas. Mina ficava de birra sempre que ouvia aquilo, e Megan nunca acreditou em nenhuma palavra, a avó é que era maligna. Mas e se Alanis estivesse *realmente* vendo algo sinistro?

Mas não, Megami não era um fantasma.

Tampouco era real.

Era ridículo. Não havia ninguém no lugar que Alanis tanto encarava. Megan caminhou até a sala; estava vazia, como todo o restante do apartamento. Ela olhou da gata para o lugar onde ela observava. Alanis estreitava os olhos para a parede que dava para o quarto dos seus pais, a parede que abrigava o enorme espelho.

O espelho. Megan sabia que precisava voltar, sabia que ele poderia ser a solução para tudo. Mas ela não tinha certeza se estava preparada para isso tão cedo. Preparada para reencontrar Megami, sentir suas unhas puxando-a para baixo, para a escuridão.

Mas ela também sentia como se um imã a atraísse, como das primeiras vezes que tinha atravessado o espelho. E se fizesse isso agora e conseguisse descobrir como resolver tudo aquilo, descobrisse a cura do outro lado do espelho? Quem sabe não precisaria trocar de lado, de mundos, como Megami sugerira? Quem sabe havia outra maneira, alguma coisa que sua mãe deixara escapar?

Sua mão tremia ligeiramente quando tocou a maçaneta da

porta do quarto. A garota olhou para trás e viu Alanis na porta da cozinha, ainda eriçada, com um olhar atento e desconfiado. *Pare com isso*, disse a si mesma. *Você já fez isso antes.* E ela tinha voltado, não? Megan se lembrou da voz de Daniel, apavorado, dizendo que ela estava *possuída,* o jeito como ele ficou com medo que ela atacasse a irmã ou qualquer pessoa.

"Minhas mãos estavam em torno da garganta de Mina.", estava escrito no diário de sua mãe.

Megan girou a maçaneta. Ela estava gelada em sua mão quente e suada.

Ela tinha o controle. Podia lidar com aquilo. Podia lidar com Megami. *Consigo mesma.* Tinha que fazê-lo, por seu pai, Mina e Daniel. Até mesmo por sua mãe, que perdera a batalha. Não queria terminar como ela, não podia morrer e abandonar todo mundo.

Megami já a esperava.

Megan percebeu assim que abriu a porta. Havia aquela presença que enchia todo o ambiente, como se de repente o ar fosse mais denso e frio.

Ela estava do outro lado do espelho, claro. *Aquele era o lugar dela.* Mas ela poderia atravessar para esse lado, Megan também sabia disso. Não seria a primeira vez. Ela olhou para seu reflexo – *para Megami*, que não parecia nada diferente da última vez que tinham se encontrado. Os mesmos cabelos loiros e compridos, brilhantes e bem cuidados. O mesmo estilo de roupa: uma saia jeans com pecinhas brilhantes, uma sandália de salto alto, uma blusa colorida e apertada; a maquiagem que a fazia parecer uma Barbie. Ela era tudo que Megan detestava, e sabia que ela, Megan, era tudo que Megami detestava também.

Seus olhos cheios de delineador a encaravam com uma fúria contida, disfarçada pelo desprezo que inundava a superfície.

Megami sorriu com os lábios vermelhos apertados.

— Eu sabia que você voltaria, querida *Meeee-gan* – ela disse, imitando a mesma voz que a garota tinha ouvido na cozinha. Era um tom agudo e irritante de falsete, que Megami usava só para irritá-la.

Megan não respondeu. Ela se postou na frente do espelho, a uma distância que considerava segura. Mais de um braço de distância, longe o suficiente para que Megami não esticasse a mão e a puxasse. Não, ela não seria estúpida dessa vez, agora sabia com quem estava lidando.

Elas se encararam em silêncio por alguns instantes até que Megami riu, ou melhor, gargalhou. Ela se inclinou para trás, satisfeita, rindo alta e escandalosamente. Megan apenas esperou, mordendo o lábio inferior e fechando os punhos. Quem sabe não poderia testar o seu soco em Megami também?

— Eu sei por que você voltou – disse Megami. – É o mesmo motivo que a fez chegar até mim da primeira vez. Nós não estaríamos aqui se não fosse por isso.

— É mesmo? – Megan retrucou, irritada por sua voz denunciar seu nervosismo. – E qual seria esse motivo?

Megami parou de rir. Ela se inclinou, encostando as duas mãos espalmadas no espelho, como se tentasse ultrapassá-lo, empurrá-lo. Seu olhar era louco: as pupilas dilatadas, o delineador preto borrado ao seu redor – a imagem de uma boneca macabra. Megan não tinha reparado nisso antes, mas agora percebia que havia algo errado ali. Megami sempre parecia impecável, mas seus olhos estavam vermelhos, a maquiagem borrada ao redor deles. Havia algo *ferido* em seu olhar. Megan respirou fundo, aguardando a resposta. Megami a encarou bem no fundo da alma quando disse:

— Você está morrendo, é claro.

A boca de Megan ficou instantaneamente seca. Como?! Como ela poderia saber? Megan não chegara nem perto do espelho nos últimos dias. Ela tomara até mesmo o cuidado de não se olhar em nenhum lugar, nenhum vidro ou superfície que pudesse conter seu reflexo... *Como?!*

Megami abriu um enorme sorriso vermelho.

— *Meeee-gan* – ela cantarolou – Megan! Você é uma coisinha bem retardada, né? Sabe de nada! Você sequer atravessaria o espelho se não estivesse à beira da morte. Sempre é assim. É como o espelho funciona!

— Como você sabe de tudo isso? – Megan finalmente explodiu, sentindo a garganta arder ao gritar. – O que mais você sabe?!

Megami soltou uma risadinha baixa que conseguia ser ainda mais irritante que sua gargalhada histérica. Ela se virou, ficando de costas para Megan, encostada ao espelho, olhando-a pelo canto dos olhos borrados.

— Por quê? Agora você tá interessada?

— Você sabe tudo, Megami – Megan ironizou. – Então sabe muito bem o porquê.

Megan não conseguia ver direito seu rosto, mas sabia que ela estava sorrindo, satisfeita. Aquela filha da mãe achava graça. Ela achava tudo aquilo *muito engraçado*. Megan teve vontade de jogar uma cadeira naquele maldito espelho. É, talvez fosse isso mesmo que ela fizesse, destruísse toda aquela bosta e então finalmente acabaria de vez com aquela história e, especialmente, com o maldito sorriso de Megami.

Mas não podia fazer isso. Não ainda, não agora. Tinha que descobrir mais. Tinha que achar um jeito de usar o espelho a seu favor. Se a pressionasse um pouco mais, se fosse mais esperta...

— O que você sabe? – ela repetiu.

Megami demorou mais alguns segundos para responder, deliciada por manter Megan enredada em seu pequeno suspense.

— Você não precisa morrer, Megan... – ela disse lentamente, virando-se para olhá-la, ainda encostada ao espelho, sua respiração embaçando a superfície do vidro. – Você pode viver. É isso que o espelho faz. Te dá uma *chance*.

— E o que eu preciso fazer? – Megan perguntou com cuidado, mas já sabia a resposta que ela daria. Megami não facilitaria as coisas. Seria ingenuidade pensar o contrário.

— Eu já disse, sua cabecinha oca – Megami retrucou, rindo, agora novamente com as mãos espalmadas no espelho. – Eu disse que você ainda ia *implorar* pra trocar de lugar comigo, não disse?

Algo quente inundou Megan. Algo que era alimentado pela risada de Megami, por sua certeza inabalável de que Megan não tinha outra saída. Mas ela tinha. Estava lá, no diário de sua mãe, ela só precisava descobrir qual era. E foi nesse momento que ela teve certeza de que descobriria e que jamais permitiria que Megami tomasse sua vida. Essa vida era sua. Só sua.

Megan começou a balançar a cabeça de um lado para o outro, afastando-se do espelho lentamente. Megami ainda ria, até que, percebendo o movimento, parou.

— Ei, onde você vai? – ela perguntou, batendo as mãos no vidro. – Volte aqui, sua idiota! Você não tem saída! É isso ou morrer, é o que quer?!

— Não, não é. – Megan cuspiu. – Você tá enganada, Megami. Sempre existe outra saída.

— Não pra você – Megami disparou com veneno e amargor. – Não pra nós, Megan. Nós somos uma só agora.

— Não...

Os joelhos de Megan tocaram a antiga cama de seus pais, a cama onde sua mãe respirou pela última vez. Eles cederam, e Megan se sentou no colchão macio, no lado onde sua mãe costumava dormir – e morrer. Ela sentiu o estômago revirar e a cabeça doer tanto que tinha vontade de vomitar. Megami ainda a encarava do outro lado do espelho, as mãos espalmadas no vidro, uma expressão alucinada no rosto. Agora a palavra "possuída" que Daniel usara antes fazia todo o sentido. Megami parecia a própria personificação da garota de *O Exorcista*. Megan levou as mãos à cabeça e fechou os olhos por um segundo, só um, sentindo tamanha dor que parecia que ela era um ponto isolado flutuando em uma névoa escura e fria.

Quando abriu os olhos de novo percebeu, assustada, que não estava mais sentada. Encarava o ventilador de teto, que girava lentamente, quase preguiçosamente. Tinha caído para trás no colchão e seus punhos estavam rígidos, fechados em torno do lençol como se estivessem se agarrando a ele para não cair num abismo. A cabeça tinha parado de doer, mas ainda estava entorpecida, como quando se acorda de uma vez só de um sono longo e pesado. Megan se sentou depressa, tensa e perdida, olhando ao redor sem entender. Com medo do que encontraria, ela ergueu os olhos e encarou o espelho.

Havia apenas seu reflexo.

Megami não estava mais lá.

*

— Tá com fome? – Daniel perguntou, mostrando um pacote pardo do McDonald's assim que Megan abriu a porta.

— Aposto que esse é o seu segundo almoço – ela disse, entre um resmungo e um sorriso, fechando a porta atrás dele.

— Droga! Não consigo esconder nada de você – ele retrucou, já se enfiando na cozinha e espalhando tudo na mesa. – Passei lá em casa e esquentei o macarrão que minha mãe me deixou, mas só dava pra mim. Só que nunca me esqueço de você, Fantuva. E foi mó trabalheira trazer tudo isso na bike, sabia? Não devia tá reclamando, não.

— Não tô reclamando – ela se encostou ao batente da porta, cruzando os braços e observando distraidamente os sanduíches que Daniel desempacotava. Puxou uma batatinha e mordeu. Ainda o mesmo gosto de puxa-puxa na boca. Sério, se ela estava assim agora, imagine quando se entupisse de remédios? Só podia ser uma praga psicológica.

— Ei, que cara é essa?

— Cara de quê? Tô fazendo cara nenhuma, Dan.

Megan descruzou os braços, incomodada. Colocou as mãos na cintura e então atrás das costas, e por fim não sabia o que fazer com elas. Depois de acordar daquele apagão, desmaio, fosse lá o que tivesse sido, ela deixou o quarto do espelho praticamente correndo e se deitou em sua própria cama, assustada, escondendo-se no escuro, sozinha debaixo das cobertas como fazia quando era criança. Ficou pensando no que tinha acontecido, sem acreditar que Megami não estava mais no espelho; era um truque, só podia. Mas, e se não fosse? E se ela estivesse *em outro lugar*? Dentro da sua cabeça, por exemplo? Megan se encolheu feito uma concha e urrou debaixo do travesseiro, desesperada. Depois de um tempo, cansada, acabou pegando num sono cheio de sonhos obscuros e inquietos, dos quais não se lembrava mais.

Sentou-se numa das cadeiras, praticamente se jogando nela. Daniel se sentou à sua frente, enfiando três enormes batatas de uma só vez na boca.

— Desembucha, Meg – ele disse com a boca cheia. – É sobre o *Fatality* que você demonstrou hoje de maneira exemplar na escola? Seu pai ficou muito nervoso? A Playmobil atacou você com laquê para puni-la em nome da lua?

— Não, seu besta. – Megan não conseguiu deixar de sorrir. – Meu pai... tá assim, assim, eu nem sei mais. A gente tá estranho um com o outro. Todo esse lance do câncer e tudo mais, ele tá sofrendo. Tenho coisas muito mais importantes na cabeça do que ficar pensando naquelas vacas.

— É, tem razão... Mas, sério, aquilo foi louco. *Louco*, ok? – ele frisou, tomando um gole barulhento do refrigerante. Mas seu tom ficou mais sombrio em seguida. – Ela mereceu. Aquelas garotas são babacas. Elas têm inveja de você, Meg.

— Da minha beleza nata e da minha simpatia infinita é que não é, Daniel. É de você, que eu sei.

Ele engasgou, babando guaraná na camiseta. *Isso* aquelas garotas não sabiam sobre Daniel.

— Tá doida? Eu sou só um *nerd* que lê demais. Lindo, eu sei, mas terrivelmente incompreendido. Sou quase um Harry Potter, mas sem a fama, infelizmente.

Megan abriu a boca para falar, mas logo se calou. Por um momento achou que poderia se trair e dizer *coisas demais*. Não, era melhor ficar calada. Mas ela se pegou pensando como era irônico que, do seu lado do espelho, Megan arriscasse a "popularidade" de Daniel na escola e, do outro lado do espelho, Megami temesse que ele arriscasse a popularidade dela. Era melhor mesmo ficar quieta, ela não podia ficar comentando por aí que seu melhor amigo estava mesmo ficando bonito para seu próprio bem e que ele poderia ser popular sem ela.

Daniel, interpretando o silêncio de Megan como um sim, acabou mudando de assunto, o que ela não sabia se era mesmo um alívio.

— Se não é esse o problema, qual é, Meg?

Bem, ela já tinha contado tanta coisa pro Daniel, não é? Tá certo que ele tinha ficado bem apavorado e talvez até com medo dela, mas, no final, ele era mesmo a única pessoa a quem ela poderia contar aquelas coisas sem parecer louca ou coisa pior. Não podia dividir aquilo com o pai, era doloroso demais. E quem sabe se ele entenderia?

Mas ela nem precisou falar. Antes mesmo que começasse, Daniel já estava de olhos arregalados e, num sussurro apavorado, lançou:

— Tu atravessou o espelho de novo, né? Meg, de novo?! Isso é doideira!

— Não é não. Dan, você não sabe as coisas que eu descobri.

E então ela contou. Do diário, da "cura" que sua mãe tinha mencionado. Que conversara com Megami e que ela insistia em trocar de lugar com Megan, mas que ela não cederia a isso. Que havia outra chance e ela a encontraria.

Ela só não contou sobre aquela última passagem perturbadora do diário de sua mãe. *Minhas mãos estavam em torno da garganta de Mina.* Não, Daniel não precisava saber disso. E aquilo não aconteceria. Megan estava alerta, não machucaria ninguém, não seria capaz. Ela conseguia controlar Megami. A prova disso era que tinha acabado de falar com ela mais cedo e não a sentia mais agora. Ela não ultrapassara o espelho dessa vez; ainda estava lá, presa do outro lado, no lugar ao qual pertencia.

Contar aquilo a Daniel só dificultaria as coisas. Ele ficaria apavorado e não ajudaria em nada. E ela sabia que precisava continuar usando o espelho. Era sua única chance. Pelo menos nisso Megami estava certa: o espelho realmente daria uma nova oportunidade a Megan. Ela só precisava descobrir a maneira certa de usá-lo.

Daniel ficou em silêncio por muito tempo após Megan terminar de falar, e olha que ele nem estava mais mastigando. Tinham terminado o lanche e tudo o que havia restado eram as batatas queimadas do final do pacotinho, que Daniel roía entre os dentes.

— Fala alguma coisa, pô.

Daniel suspirou e colocou a batata roída de volta no pacote, amassando tudo em uma bolinha depois.

— Isso é perigoso, você sabe, né, Megan?

É, esse era Daniel. Sempre prudente. Ainda bem que ela não tinha sequer passado perto de mencionar o episódio entre sua mãe e Mina.

— Quem você é, afinal, Dan? Minha mãe?

— Alguém precisa dizer isso a você, já que ela não está aqui, certo? – *Ouch*, aquela tinha acertado Megan em cheio. Mas era assim que Daniel fazia: ia direto ao ponto. Sem rodeios, sem meias palavras. Os dois se entendiam desse jeito. – Essa sua... *outra*, ou sei lá o que seja ela... é traiçoeira, Meg. Essa mina é sinistra.

— Eu sei disso. Mas eu *preciso* encontrar um jeito. Pode significar a diferença entre eu continuar aqui, *viva*, ou morrer por causa desse maldito câncer. O que você quer, afinal, Daniel?

Daniel engoliu em seco, desviando o olhar por um momento.

— Eu entendi isso, Meg – ele disse com a voz ligeiramente trêmula. – Entendi muito bem, ok? E eu não quero que você morra, tá certo? Que merda, Megan!

Foi a vez de Megan se retesar. A voz, a entonação de Daniel, o jeito como seu corpo tremeu; tudo era muito parecido com aquela vez, do outro lado do espelho, que ele, ou melhor, o *outro* Daniel dissera praticamente a mesma coisa a ela.

— Desculpe – ela murmurou, envergonhada. – Eu sei que você não quer que eu morra. Desculpe! Foi uma coisa idiota de se dizer.

Sem pensar, ela apertou a mão dele, que estava largada sobre a mesa, fechada em punho, tensa. O toque de suas mãos fez Megan sentir um embrulho esquisito no estômago, que não tinha nada a ver com o peso da refeição. Daniel a encarou com os olhos avermelhados.

— Se houver qualquer coisa que possa salvá-la, Meg... Poxa, eu mesmo vou até o fim do mundo por isso, por uma cura – ele falou com emoção, e Megan sentiu o aperto no estômago se intensificar. De repente era difícil encará-lo nos olhos, de repente era ainda mais difícil continuar apertando sua mão. Ela tentou se afastar, mas dessa vez foi Daniel quem a apertou, ainda mais, um aperto firme e extremamente quente. – Mas o que será que você vai ter que fazer, Meg? A sua mãe não disse direito no diário... Que negócio é esse de que alguém tem que deixar sua vida? Que não pode haver nem uma pessoa a mais ou a menos? Tu já parou pra pensar nisso?

Sim, ela já tinha. E sabia que essa era a chave da questão, que a resposta para todas as suas dúvidas se escondia nessas linhas que a mãe deixara. Mas, ao mesmo tempo que lhe davam esperança, essas palavras também a apavoravam. O que significariam? Será que alguém que Megan amava precisaria morrer?

E até que ponto ela poderia chegar para sobreviver?

Talvez... Talvez esse alguém não precisasse morrer. Talvez só se afastar? Mas então Megan perderia essa pessoa? Para sempre?

E se fosse seu pai ou Mina? E se fosse Daniel?

Ele a estava encarando com firmeza, ainda apertando sua mão. Apertava tanto que chegava a doer, mas essa dor a confortava. Significava que ele estava ali, *por ela*. Megan não tinha reparado até aquele momento que eles ainda estavam de mãos dadas. Ela deveria estar nervosa com aquele toque, mas apenas lhe fazia bem sentir a pele de Daniel na sua.

E foi então que Daniel despertou uma dúvida ainda mais perturbadora.

— E se... – ele começou, incerto. – E se você tiver desenvolvido o tumor *por causa do espelho*?

Megan o encarou assustada e instintivamente puxou a mão, de um jeito brusco. O quê?! O que ele estava falando?

— Como é que é?

— Megan, você já parou pra pensar nisso? E se... Sei lá. Isso tudo, esse *mundo*, o próprio espelho, todas essas coisas que você tá me dizendo. E se tudo isso for só o seu tumor, a droga do câncer brincando com seu cérebro? E se for pura e simplesmente um câncer? E se isso tudo...

— Estiver acontecendo só na minha cabeça? – Megan completou a frase por ele. Daniel parecia engasgado, perdido, quebrado. Ele não conseguia olhar nos olhos dela.

— É. Agora que você sabe, Meg... Você não tá pensando nisso nem um pouquinho?

Megan se levantou com tanto ímpeto que a cadeira tombou, produzindo um estrondo, mas ela não se importou. De repente estava se sentindo preenchida por uma fúria vermelha e escura. Se ela já tinha pensado naquilo? É claro que já! A droga do tempo inteiro! Ela tinha a porcaria de um tumor no cérebro. Poderia estar tudo acontecendo só na cabeça dela, uma fantasia insana que ela estava construindo para encontrar algum tipo de esperança ou sentido naquilo tudo?

Podia, mas ela não ia acreditar nisso. O outro lado era real demais para ser invenção. Ela precisava daquilo.

Daquela esperança. Daquela justificativa.

Por isso ela ficou tão magoada com Daniel. Ele não podia colocar ainda mais dúvidas em sua cabeça. Ela precisava daquilo! Ele não compreendia isso?

— Você tá dizendo o quê? Que isso tudo é a droga de uma alucinação, Daniel? Que eu tô ficando doida?

Sim, é isso mesmo que ele está dizendo, Megan. Que você perdeu a cabeça. Que você é candidata a um hospício. O que você prefere? Hospício ou cemitério?

— Não, Megan, eu não disse isso! Mas essa porcaria tá na sua cabeça, não tá? O tumor, você sabe, você viu sua mãe! Ele afeta a cabeça das pessoas, o jeito delas!

Era golpe baixo lembrar aquilo. Ela recordava muito bem de como sua mãe mudara, de como ela ficava irritada do nada, gritava com todo mundo, dizia coisas que não diria em seu estado normal. No final, era simplesmente insuportável. Ela se lembrava das coisas horríveis que ela dissera a seu pai, ao homem que ela tanto amava, e como Renato afastava as filhas nesses momentos, dizendo que mamãe estava cansada, que ela não tinha intenção de dizer aquelas coisas, aquelas coisas que machucavam.

Não. O espelho era real. Megami era real. Era tudo real!

Ela teve vontade de arrastar Daniel até o espelho, mas então se lembrou de quando eles estiveram juntos em frente a ele. Megami estava lá, mas Daniel não vira nada. O espelho não mudou, o reflexo de Daniel permaneceu o mesmo.

O diário.

— Eu tenho o diário, você precisa ler ele também para acreditar em mim, Daniel?

— Megan...

Mas ela já estava trotando até seu quarto, decidida. Daniel veio atrás dela, tentando acalmá-la, mas ela não queria ouvir. Onde estava aquela porcaria? Céus, ela o tinha deixado em cima da cama, não? Talvez debaixo do colchão. Não, ela guardou na mochila. Na bolsa? Merda, onde estava?

— Meg...

Ela sabia o que significava aquele olhar no rosto de Daniel.

— ELE TÁ AQUI! EU SEI! Onde foi que eu coloquei ele? Onde foi, droga!

— Ei, Meg, para com isso... – ele tentou segurar o braço dela com carinho, mas Megan se desvencilhou, cruzando os braços, de costas para ele, sem se preocupar em ser rude. Daniel não acreditava, jamais acreditaria nela. Fora bobagem confiar nele, contar tudo aquilo. Ela estava sozinha.

— Megan... Desculpe, eu não quis dizer isso. Você não está maluca, ok? – Megan sentiu suas mãos grandes e desajeitadas em seus ombros, mas elas estranhamente não lhe passavam segurança, muito menos aquela sensação de frio gostoso e incômodo na barriga que ultimamente provocavam. Ela só sentia um vazio. Não importava o que dissesse, Daniel não acreditava nela. Ele só estava fingindo. – Ei, Meg, olha pra mim...

— Acho que é melhor você ir pra casa, Daniel.

— Megan, não, não fala assim, eu só quero te ajudar!

— Vai, Daniel! Depois a gente se fala, ok?

— Mas...

— Tá tudo bem – ela disse, soltando-se dele, arrumando a colcha da cama com mais força do que o necessário, pisando duro de volta à cozinha e, por fim, apanhando a mochila do amigo e enfiando-a com brutalidade em seus braços. – Vai.

Ele parecia muito triste, quase arrependido. *Ótimo*, ela pensou com dureza. Ele merecia por ter dito aquelas coisas horríveis. Ela não estava louca. Não estava perdendo o juízo. Era real. Talvez o tumor sim fosse uma ilusão. Quem poderia saber? Ela só sabia que descobriria como destruí-lo. Sozinha.

— Quando vou te ver de novo? – ele perguntou com a voz dolorida. – Você pegou suspensão na escola, não foi?

— Três dias. A gente se vê.

— E a quimio, quando você vai começar?

— Daniel, não quero falar sobre isso agora. Que saco, será que você não pode simplesmente ir embora?

Ele parecia que tinha tomado um tapa e não disse mais nada depois disso. Apenas saiu, levando consigo sua dor. Megan tentou não sentir pena, ou culpa. Ele tinha merecido. Ela ia provar que não estava maluca, que tudo era real, que poderia consertar tudo aquilo.

Ou morreria tentando.

Capítulo sete – Entre aspas

— Vou estar logo ali fora, filha. Logo ali. Me chama, qualquer coisa, tá? Qualquer coisa mesmo.

Era o que seu pai tinha dito antes de sair, hesitante, pela porta colorida da sala de quimioterapia pediátrica do hospital. Megan ficou imaginando-o lá fora, sentado em um dos bancos acolchoados daquela cor marrom deprimente, com as mãos nos cabelos, cercado por outros pais tão desesperados quanto ele, talvez ouvindo histórias ainda mais horríveis e trocando lágrimas como cartões de visita.

Era uma merda. Tudo aquilo era uma enorme pilha de merda.

Megan recostou a cabeça na poltrona, observando quase hipnotizada as gotas de remédio/veneno que pareciam cair muito lentamente – ou rápido demais – de um saco plástico com seu nome, direto em sua corrente sanguínea. Havia o pinga-pinga incessante das gotas, o barulho enjoado da máquina que girava e girava tirando qualquer bolha de ar que se insinuasse em meio ao líquido.

Parecia que os últimos dias tinham sido os piores de sua vida. Megan mal poderia esperar pelos próximos, que talvez fossem ainda piores, se é que isso era possível.

Naquela tarde, depois da briga com Daniel, Megan decidiu que desgraça pouca era bobagem. Saiu de casa, praticamente se arrastando para buscar Mina (o hambúrguer tinha caído mal no estômago ou talvez só fosse indigestão pós-briga com a vaca de presépio da escola, com a coordenadora, com o pai e com o melhor-amigo--possivelmente-o-cara-que-ela-tava-gostando-mas-não-deveria). Ou seja, cagada total e generalizada. O que era mais uma?

Megan quase desistiu quando viu a figura pequena e sorridente de Mina caminhando em sua direção, toda enrolada em um roupão felpudo, com os cabelos molhados e cheirando a cloro de piscina.

— Oi, pequena – Megan disse, sorrindo de verdade pelo que talvez fosse a primeira vez naquele dia longo, muito longo. – Como foi sua aula?

— Foi demais! Dei quatro voltas seguidas na piscina. A tia disse que meu fôlego está ótimo. Megan, eu consigo segurar a respiração por dois minutos e dezessete segundos! Inteirinhos!

— Que dez, Mina! Você tem que contar pro pai depois.

— É claro que vou. Ué, você não veio de bicicleta hoje? E o Daniel não veio com você?

Pronto, estava ali a chance, aquilo pelo qual Megan tinha ensaiado durante todo o caminho até ali. A garota respirou fundo e disse:

— Não, pequena. Na verdade, hoje vamos voltar a pé, quero conversar com você. Uma conversa só de meninas. De irmãs.

E assim ela contou. Da consulta, da médica, das paredes com pôsteres da Turma da Mônica, dos exames, do pai delas, enfim, de como Megan estava doente, mas que poderia melhorar – sim, isso era mentira, mas por outro lado, poderia ser verdade, se Megan descobrisse como usar o espelho, mesmo que essa parte ela não fosse revelar à irmã. De qualquer jeito, precisava dizer isso a ela. Precisava enchê-la de esperança quando ninguém mais parecia tê-la. Quem sabe, assim, Megan poderia se alimentar da esperança pura da sua irmã também? Uma esperança que ela mesma teve, igualzinha, quando a mãe delas esteva doente.

Mina não chorou, mas ainda choraria. Provavelmente só quando estivesse sozinha, agarrada a Alanis. Talvez se permitisse chorar no ombro do pai, quando eles dois conversassem, quando Renato demonstrasse à filha que ela poderia ficar triste. Mas Mina não choraria na frente de Megan, não na frente dela; era como faziam com a mãe delas, não tinham chorado na frente de Marina, não queriam deixá-la ainda mais triste. E Mina não queria deixar Megan triste também.

Mas foi difícil Megan não chorar pela segunda vez no dia. Ela sentiu as lágrimas engasgando-a, a garganta tão fechada quanto um cadeado. Foi quando Mina abraçou suas pernas com muita força, empapando sua calça jeans com os cabelos molhados de cloro.

Megan se abaixou e abraçou a irmã, as duas envolvidas em um laço silencioso que dizia tudo e não dizia nada. Havia lágrimas não derramadas, frases não ditas e um amor intenso que fez Megan jurar a si mesma que encontraria um jeito de não deixar aquela menininha sozinha novamente.

Ela precisava de Megan. E Megan precisava dela. Desesperadamente.

Foi nisso que a garota pensou quando fechou os olhos, cansada de observar aquele bendito/maldito remédio envenenando-a. Quanto tempo já teria se passado desde que o pai se despedira dela? Quinze minutos? Quarenta? Uma hora?

— Você não pode falar no celular aqui dentro, é a regra.

— Eu não posso falar com o meu namorado, mas esse bando de pivete pode jogar Nintendo DS. É foda!

Megan abriu os olhos quando sentiu uma cadeira se afundando ao seu lado. Uma garota quase da sua idade tinha se jogado na poltrona que ficava à sua esquerda. Era negra, com a sombra do que um dia deveria ter sido um corpaço que certamente arrasara quarteirões, mas que agora parecia apenas magro e frágil como uma pena. Mesmo assim, a garota tinha presença. Uma enfermeira cuidava da sua bolsa de remédios enquanto ela bufava de irritação, revirando os olhos e o celular entre os dedos; usava um lenço rosa berrante na cabeça, cheio de caveirinhas brancas, certamente para esconder a careca, e estava excessivamente maquiada para quem estava indo fazer quimioterapia.

— Desligue, já disse, Camila.

— Okay, okay, já tô desligando.

— Da próxima vez traga um livro.

— Você também não ia ter vontade de ler com um gato desses pendurado no seu telefone, Patrícia – ela agitou o celular no rosto da enfermeira, que se permitiu um sorriso.

— Você tá impossível hoje, menina.

Camila mostrou a língua e mexeu a cabeça pra lá e pra lá, desdenhando, e então finalmente pareceu notar Megan.

— 'Bora fazer um motim pra essas enfermeiras? Sério, elas deixam as crianças fazerem tudo, mas basta você ter mais de treze anos pra elas acharem que devemos nos comportar como "mocinhas" por aqui. É tão injusto! Você não acha que um papinho com meu gato incomodaria tanto assim, não é? Bem, até talvez incomode se você estiver se revirando de dor, mas incomoda menos que a musiquinha irritante do Pokémon daquele garotinho de verde ali.

Ela tinha dito tudo isso muito, muito depressa.

— Camila! – estendeu a mão para apertar a de Megan. – Leucemia, sim, é tão batido, né? Pior! Tão... *Laços de Família*! Parece que as pessoas ficam ouvindo *Love By Grace* quando eu conto isso. Argh! E meu nome ainda é Camila, vê se pode! 100% clichê! Te garanto que essa é a única coisa "comum" – ela fez aspas no ar – em minha pessoa. Mas, e você? Tem algum câncer excitante?

Megan engoliu em seco. Ok, aquela garota era estranha.

— Nenhum câncer é excitante.

— Você acha? Ah, pergunta pros meus médicos, eles quase têm

orgasmos múltiplos quando falam de câncer. Sério, como alguém pode se animar com isso?! Quer dizer... tem coisa muito melhor na vida, e eu nem preciso dizer o que foi que eu pensei, né? E meus pais também, sempre procurando alguma técnica revolucionária e milagrosa. Minha mãe já me fez experimentar um monte de coisa. Cada dia é uma coisa nova, ela fica fuçando na internet, sabe? Não aguento mais beterraba. E odeio cenoura! Ela mistura tudo num suco melequento. Argh, é a própria visão do inferno aquela desgraça! Ei, você não me disse seu nome.

— Ah... Megan.

— Uia, que estranho, parece nome importado. E o quê cê manda?

Megan foi salva de contar sua narrativa deprimente quando a porta da sala pediátrica se abriu. Lá estava seu pai, conversando baixinho com a mesma enfermeira que trocara alfinetadas com Camila antes. Ele acabou entrando e se ajoelhou à frente de Megan, colocando as mãos em suas pernas.

— Filha, vou ter que ir até a empresa, apareceu um cliente querendo falar comigo por lá, ele é muito insistente e... – ele olhou de relance para Camila, que os observava, e pareceu envergonhado. – Você sabe, a gente precisa... Não posso deixar de encontrá-lo. Mas não quero deixá-la sozinha.

— Pai, isso aqui ainda vai demorar. E você nem pode ficar na sala comigo o tempo todo mesmo. Vai lá.

— Mas e aí pra você voltar pra casa?

— Me deixa dinheiro pra um táxi, pronto.

— Sozinha?

— Qual o problema, pai? Tô grandinha.

— Não, não... faz o seguinte, liga pro Daniel e pede pra ele passar aqui depois da escola. Ele pode vir te buscar, não?

O estômago de Megan afundou. Ela não falava direito com Daniel desde "A" briga. Ele enviara uma ou duas mensagens, que ela não respondeu, e depois parou de enviá-las também. Megan não sabia dizer se era pior quando ele insistia ou quando ficava em silêncio. Ela já não tinha tanta certeza se ele tinha mesmo merecido esse gelo e, ao mesmo tempo, sentia sua falta. Mas certamente não queria ligar pra ele pedindo que viesse vê-la. Ainda mais daquele jeito, toda pinicada e horrorosa.

— Moço, aqui dentro não pode fazer ligação – Camila interrompeu a conversa. – As nazi-enfermeiras não deixam. Melhor o senhor ligar pro namorado da Megan.

— Ele não é meu namorado! – Megan engasgou, virando-se na cadeira e puxando perigosamente toda a estrutura.

— Filha, cuidado! – Renato a segurou. – Mas sua amiga tem razão, vai, me passa seu celular que vou ligar pro seu amigo, não tenho o número. Aí já passo o número dele pro meu celular também.

Meu Deus, o que ele estava dizendo? Aquela conversa estava ficando cada vez mais insana.

— Pai!

— Meg, não vou deixar você ir sozinha pra casa, já basta que não vá estar com você até o final disso hoje. Não discuta, pelo menos dessa vez, certo?

Megan acabou entregando o celular de má vontade e viu o pai sair da sala, já tentando se entender com o aparelho que ele considerava um verdadeiro enigma.

— Não é seu namorado, hein? Fala mais desse Daniel aí. – Camila riu, dando uma batidinha de leve no braço de Megan. – É gostosinho?

— Ai, meu Deus!

Porém, apesar do começo embaraçoso, acabou que a conversa com Camila fluiu muito bem depois. Ela morava na cidade vizinha, São Vicente, e estava no primeiro ano do ensino médio também. Depois que ela descreveu em detalhes o namorado "tesudo e gostoso", também falou um pouco dos pais superprotetores e de como queria ser veterinária. Tinha dois cachorros e uma gata em casa. Jurava que eles se davam superbem e que a gata mandava nos dois. Adorava biologia e detestava matemática. Tinha doze anos quando descobriu o câncer.

Ela foi legal o suficiente para não pressionar Megan quando ela não quis falar da sua própria doença. Camila mudou de assunto e disse que estava lendo *A Culpa é das Estrelas* (ok, o assunto ainda era basicamente o mesmo, se você pensar no tema do livro). Era um dos poucos livros que Camila resolvera ler e só porque assistira ao filme antes, disse que não tinha muita paciência para os livros chatos da escola, mas que depois desse tinha lido mais alguns ("não aqueles que dão sono que os professores mandam ler") e estava curtindo. Ela disse que seu amor com o namorado era como a Hazel e o Gus, só que ele tinha as duas pernas e os dois viveriam felizes para sempre. Sem finais tristes, arrematou.

O tempo passou mais rápido depois disso e, quando Megan menos esperava, a enfermeira Patrícia veio desconectá-la dos tubos. Ela até tinha se esquecido deles.

— Pare de perturbar a moça, Camila – ela disse, rindo. – Sabe, a Camila pega no nosso pé há vários anos. E ela jogava Pokémon no começo quando vinha pra cá – piscou.

— Men-ti-ra! – Camila exclamou horrorizada. – Megan, não acredite nela!

— Ué, não quer ser tratada como "mocinha", mas nega que jogava Pokémon. Não te entendo não, Camila! – a enfermeira saiu rindo. – Tá dispensada por hoje, moça. Ah, tem um garoto lá fora esperando você, viu?

— Bonitinho ele, Patty? – perguntou Camila, curiosa.

— Não é da tua conta, Camila, que coisa! Fica de olho nela, moça, que ela já teve uns cinco namorados e amou todos eles eternamente desde que eu a conheço!

— MEN-TI-RA! Vai, vai, Patty, que você me dá câncer!

A enfermeira foi embora, rindo.

— Anotou meu celular, né? A gente troca mensagem no WhatsApp. Me manda uma foto da tua gatinha depois.

— Pode deixar – Megan disse rindo.

— A gente se esbarra nas quimios da vida. E manda foto do gatinho também! – ela acrescentou com uma piscadela quando Megan já estava quase na porta.

Inesperadamente, Megan se viu rindo quando fechou a porta atrás de si, mas logo parou quando viu Daniel. Ele estava sentado no banco marrom depressivo e se levantou assim que a viu. Eles ficaram parados por algum tempo, num silêncio bizarro e completamente embaraçoso, apenas se olhando, até que, surpreendentemente, Megan quebrou o gelo:

— Cadê o livro?

— O quê?

Ela apontou para ele.

— Você não trouxe nenhum livro hoje.

— Ah! – ele pareceu ter notado isso naquele momento. – Eu... esqueci. Quando seu pai ligou... eu meio que... vim correndo, peguei o primeiro ônibus... Esqueci o livro em casa.

Megan sorriu e, sem pensar, ou talvez pensando nas palavras da espontânea Camila alguns minutos antes (*"sabe, a gente tem que aproveitar a vida, garota! Ela acaba num instantinho, a gente nem percebe. E nem é só pra quem tá doente, não"*), pegou Daniel num abraço forte e afundou o nariz em seu cabelo com cheiro de xampu.

— Senti saudade – confessou.

— Eu também – ele respondeu, aliviado – Me des...

— Não, esquece, eu também pisei na bola. Tá um a um.

Ele a abraçou mais forte, como se tivesse medo que ela fosse embora e Megan, pelo que parecia a primeira vez em muito tempo, correspondeu sem vergonha ou medo. Foi só depois que se separaram, após um tempo que Megan não sabia precisar, que os dois se entreolharam sem saber o que dizer.

— Eu não trouxe livro, mas o celular tá aqui cheio de músicas do Bowie – Daniel disparou, parecendo igualmente sem jeito, sacando os fones de ouvido do bolso. – 'Bora ouvir?

Megan sorriu e no mesmo instante colocou um dos fones no ouvido. A voz inconfundível de David Bowie dizia verdades: *"Ch-ch-ch-ch-Changes (Turn and face the stranger)"*.

— Vamos dar o fora daqui. Esse lugar é deprimente.

Capítulo Oito - Irreversível

— Para aqui, por favor.

Daniel pagou a quantia ao taxista, mas logo veio acudir Megan, que tinha se arrastado até o banquinho da orla da praia. Estava um dia quente. Era início de dezembro, o mês que Megan tanto detestava. Sua cabeça estava começando a doer e aquele sol, o carro em movimento, nada ajudava.

— Tá melhor o enjoo? – Daniel perguntou, sentando-se ao seu lado. Ela sentiu as mãos grandes dele em suas costas, o que parecia ajudar um pouquinho. – Quer que eu pegue algo no quiosque? Água?

Megan negou, sem abrir a boca. Tinha medo que algo pulasse lá de dentro se o fizesse. Não queria vomitar na frente de Daniel. Na verdade, tanto fazia, apenas não queria vomitar. Ela se recostou no banco, fechou os olhos e começou a respirar fundo, soltando o ar lentamente pela boca.

— Poxa, logo agora que eu ia sugerir um sandubinha.

— Tá louco? – Megan conseguiu dizer, sentindo um sorriso brotar em meio àquela porcaria toda.

— Ok, ok, fica pra mais tarde, então. A gente fica aqui, de boas, olhando o movimento até você ficar bem.

Eles ficaram muito tempo assim, sentados lado a lado, em silêncio. Megan de olhos fechados, Daniel com o braço esquerdo sobre seus ombros, alisando suas costas de vez em quando. A onda de enjoo surpreendentemente foi passando aos poucos, dando lugar a uma sensação leve, como se estivesse flutuando. Megan abriu os olhos devagar e olhou para Daniel; ele também estava de olhos fechados, a cabeça inclinada sobre o banquinho. Megan observou-o por alguns instantes.

Depois de tudo, de como ela tinha sido grossa com ele, depois de saber de todas as merdas em sua vida, do espelho e do câncer, mesmo assim lá estava ele. Megan podia ser potencialmente louca, era clinicamente um parque de células cancerosas e com certeza não era a garota mais amável do universo. E, mesmo assim, Daniel continuava ali. O que ela sentia por ele, *de verdade*? Sem pensar em mais nada, sem Megami, sem câncer, absolutamente nada na equação que não fossem Megan e Daniel? Ele era, talvez, uma das pessoas de quem mais sentiria falta no mundo. A mais importante junto com seu pai e Mina, mas... Não podia negar, havia algo especial no seu relacionamento com Daniel. Ele sempre esteve lá, sempre. Ela não conseguia imaginar sua vida sem ele. No fim, ela acabava contando tudo pra ele. Tudo menos...

Tudo menos o quanto gostava dele. Mas será que não estava confundindo as coisas? Como saber se você realmente *gosta* de alguém quando ele é seu melhor amigo de uma vida inteira?

Como separar os sentimentos? Como explicar? Como entender o próprio coração?

Ela pensou em Camila, a garota que acabara de conhecer. Ela parecia tão certa, tão convicta. Queria ter essa certeza. Pelo menos ela sabia que gostava de todos os "cinco namorados que amou perdidamente". Sorriu de leve.

Será que um dia contaria isso também a Daniel? Estava um dia tão bonito, tão quente. O sol batia no seu rosto, apenas em uma parte, uma nesga de luz, enquanto o resto era coberto pela sombra da árvore debaixo da qual estavam. Era só... só se inclinar um pouquinho...

Que mal faria?

Ela já tinha feito isso antes. Mas não fora ela, fora Megami. Dessa vez... Dessa vez poderia ser ela. O que poderia perder? Não tinha mais nada. Os lábios dele estavam entreabertos, uma expressão leve no rosto, despreocupada.

— Megan? – ele abriu os olhos, sorrindo.

Megan tomou um susto.

— O que foi?

E beijou-o no rosto, rapidamente.

Daniel empertigou-se, ainda sorrindo, seu olhar cheio de confusão para ela.

— A que devo essa honra, hein? – perguntou, rindo, alisando a bochecha onde ela o tinha beijado. Megan, por sua vez, não conseguia olhar para ele. Encarava o trânsito da avenida da praia como se fosse a coisa mais interessante do mundo.

— Obrigada – ela murmurou, sem saber onde meter a cara.

— Pelo quê?

— Só... Obrigada.

— Meg?

— Por ir me buscar, pronto. Tá aí um motivo.

— Você tá melhor? – ela o enxergou pelo canto do olho, inclinando-se à sua frente para que ela o visse.

— Tô, a gente pode ir pra casa agora.

— Quer ir de ônibus? Ou... – ele enfiou as mãos nos bolsos, procurando algo. – Acho que sobrou um pouco do dinheiro do seu pai, pera.

— Não, são só umas quadras, Dan. Vamos andando.

Mas, quando Megan se levantou, o mundo girou. Ela viu Daniel, mas ele estava embaçado. Sentiu que ele colocava seu braço sobre os ombros.

— Meg? Tá ruim de novo?

— Não – ela ouviu sua própria voz, mas parecia distante agora. – Vamos, vamos indo.

A caminhada para casa foi um borrão. Era como aqueles filmes de terror, quando o personagem só tem flashes do que está acontecendo. Megan começou a sentir enjoo de novo, mas se forçou a continuar andando. Mais um passo, só mais um passo.

— Estamos chegando, só mais um pouquinho, Meg.

Daniel a conduziu até o elevador e, quando as paredes automáticas se abriram, um alarme soou na cabeça de Megan.

O espelho. O espelho do elevador.

Desesperada, finalmente entendendo o que estava para acontecer, ela abriu a boca para dizer a Daniel que não, não podiam subir por ali, mas já era tarde.

— Megan?! Megan! – A voz de Daniel ficava cada vez mais distante.

Megami estava lá. No espelho. Olhando para Megan.

Rindo.

*

Megan abriu os olhos.

Suas mãos apertavam com força algo quente, pequeno e macio.

Algo vivo.

Algo que *fora* vivo.

— Não, não, não, não, não... NÃO! – Megan gritou, sentindo o grito aflorar do fundo do peito, do fundo de si mesma, carregado de lágrimas e desespero. – MeuDeusmeuDeusmeuDeus! NÃONÃONÃO!

Ela sentia o piso frio sob seus joelhos, mas o mundo ainda assim parecia flutuar ao seu redor. Tudo parecia borrado e escuro. Ela se levantou, trêmula, observando o que estava feito, *o que tinha feito.*

Não aguentou nem mais um segundo.

Correu.

Bateu nas paredes.

Continuou correndo.

Abriu a porta e se jogou de joelhos no piso gelado do banheiro, o rosto encaixado no vaso sanitário; vomitou, vomitou, vomitou até que um fio esverdeado e nojento era a única coisa que saía de sua boca. Em algum momento sentiu as mãos frias do pai em sua testa úmida e suada, segurando sua cabeça, como sua mãe fazia quando era pequena.

— Filha, filha... – ele repetia como numa oração, provavelmente desesperado, perdido. – Filha, o que você tá sentindo?

— Mina... – foi tudo que Megan conseguiu dizer, sentindo as lágrimas quentes encharcando seus olhos, e então vomitou mais um fio de bile na privada.

— O quê? O quê, filha?

— MINA! – Ela choramingou, sentindo o desespero se transformar em um choro convulsivo. A cabeça parecia que ia explodir. – MINA!

— Que foi? – perguntou uma terceira voz, fininha, e Megan gritou, em meio às lágrimas, à tontura e à dor.

— A Mina está aqui, Megan. Ali, na porta do banheiro – e se virando, Renato falou. – Filhota, a sua irmã não tá bem. Você pode pegar um copo de água na cozinha pra ela?

— Não, não, NÃO, MINA! – Megan sentiu as lágrimas jorrarem junto com todo aquele horror que agora se erguia novamente por sua garganta. Ela não podia ver, não podia, sua pequena irmãzinha... Mas os pezinhos de Mina correram dali fazendo barulho, fazendo o horror se transformar, e Megan vomitou novamente, dessa vez algo vermelho, horrivelmente vermelho.

— Megan, isso é...

Foi quando Mina gritou.

— Mina! – Renato gritou também, e o aperto dele na testa e nos ombros de Megan afrouxou. A garota chorou ainda mais, descontrolada, era isso, era o fim, ela tinha visto, estava lá e agora todos eles saberiam o que ela tinha feito.

— ALANIS! – A vozinha de Mina ecoou no apartamento.

— Megan... – Renato sussurrou, dividido, e acabou deixando a filha mais velha por alguns instantes, o suficiente para chegar até a porta do banheiro.

E ver.

Megan ouviu quando ele sufocou uma exclamação de terror. E ouvia também os gritos, o choro convulsivo de Mina. Havia os passos do pai, o grito, o choro, e então Megan se viu sozinha no banheiro.

O que ela tinha feito? O que ela tinha feito?

Megami.

— Foi você... – Megan sussurrou para si mesma. – Foi você!

— Mina... Mina, largue-a, filha, ela se foi... Ela foi pro céu, filhota – Renato dizia lá na sala.

— Mas ela não tava doente!

— Foi você – Megan repetiu. – Eu sei que você tá aí, Megami, eu sei!

Mas Megami não queria falar. Ela estava lá, sim, em algum canto escuro da mente de Megan, mas de alguma maneira também estava apavorada. O que talvez tornasse tudo ainda mais assustador.

— Mina! – A voz de Renato soou cheia de dor, mas também de autoridade. – Deixe a gata aí! A gente não pode cuidar dela agora, a sua irmã está doente e precisamos levá-la ao hospital!

— Mas, pai!

— Você vai ter que me ajudar, Mina! Eu só tenho você agora, filha!

Megan soltou um som convulsivo, como o de um animal ferido. *Um animal ferido...* O que ela tinha feito, o quê? Estava tudo acontecendo de novo.

A sua mãe está doente, Megan. Eu só tenho você pra me ajudar agora, filha.

Só você.

Sua irmã... Sua irmãzinha... Ela não merecia isso. Ela não tinha que passar por isso. Não de novo.

— Agora, Mina, pegue a maleta da sua irmã no meu quarto. Sim, a malinha roxa, a que eu mostrei pra você outro dia, filha.

Megan ouviu os passinhos apressados de Mina, entrecortados por seus soluços chorosos, e logo depois seu pai estava de volta no banheiro, ajudando-a a se levantar. Megan sentia as pernas moles, pontinhos pretos em sua visão, e a cabeça doía tanto que parecia separada do seu corpo, viva e pulsante, um monstro sob seus ombros.

Ela era um monstro.

Você é um monstro.

Por quê? Por que fez isso?!

— Vem filha, lave a boca aqui na pia – água corrente, fria, fria demais, e então a mão de seu pai, molhada, limpando seu rosto, seus lábios sujos de vômito e sangue. – Vem, eu levo você.

Ela andou dois passos, amparada pelo pai, como uma bêbada, e então os joelhos cederam novamente e Megan caiu nos braços de Renato feito um saco de batatas podres. Era isso que ela era. Um monte de carne podre.

Queria ir embora, acabar com tudo aquilo. Estava acabado, acabado!

Você não vai!

Foda-se você, Megami! Eu faço o que eu quiser!

Você não vai morrer!

Ela se sentiu mole nos braços do pai, que agora a carregava.

— Pai, tá aqui.

— Mina, pegue minha carteira na mesa e meu celular. Muito bem, filha, as chaves do carro também. Isso, isso, abre a porta pra gente. Consegue trancá-la? Cuidado pra não derrubar, filha.

As palavras pareciam distantes. Era tanta dor. A cabeça parecia feita de fumaça, doía, doía, espiralava no ar, desfazia-se, algodão doce na boca, sorvete em dia de verão. Era confortável relaxar, fechar os olhos. Megan queria tanto fechá-los. Mas não podia, Megami poderia voltar.

Não feche os olhos! Você não vai morrer, Megan, sua estúpida! Não pode me deixar! Pare com isso! AGORA!

Megan escondeu o rosto na camisa do pai quando entraram no elevador, sujando-a de lágrimas e sangue. Renato era tão quentinho. Seu coração batia depressa. O queixo do pai estava encostado no topo dos cabelos da garota. Se ela pudesse ficar ali pra sempre, sempre... Seria tão bom.

— Aguenta, filha, você vai ficar bem.

— Ela vai morrer, pai? – A vozinha de Mina era ainda mais chorosa. – A Megan vai morrer... como a Alanis? Como a mamãe?

Renato não respondeu.

Capítulo nove – Terminal

A boca de Megan estava seca.

Ela abriu os lábios, lentamente, mas só isso fez algo doer. Onde? Ah, nos lábios. Pareciam rachados. Ela tentou umedecê-los com saliva, mas não havia nada em sua boca.

Tentou levantar o braço, mas ele parecia um dos computadores da escola, repleto de fios embaralhados. Olhou para a mão direita, flexionando os dedos devagar. Abrindo e fechando. Fios também saíam dela.

Que coisa engraçada.

— Não, não, não mexa o braço – alguém acima dela disse, segurando seu braço direito com o que parecia muita força.

Ei!, Megan tentou dizer. *Isso dói! Ei, ei, me solta!*

Ela se debateu, mas ou a pessoa era muito forte ou ela estava muito fraca.

— Shhh, tá tudo bem – a pessoa disse. Era uma mulher. Parecia a própria Tia Nastácia. Toda vestida de branco. Mas não sorria.

— Água – Megan ouviu sua voz, ou o que restava dela. O que estava acontecendo? Havia algo pesado na sua cabeça, no seu corpo. Parecia que estava debaixo de um peso enorme.

A mulher pousou algo úmido e esfiapado em seus lábios. Megan sugou com desespero, mas aquilo só a fez ter mais sede. – Mais!

— Você ainda não pode, menina. Só isso – e a mulher colocou mais uma vez algo úmido em seus lábios, mas não era o suficiente. – Você passou por uma cirurgia. Não pode beber água ainda.

Cirurgia? *Cirurgia*? A palavra flutuou na cabeça de Megan. As letras estavam embaçadas. Havia uma névoa em torno delas. Cirurgia. A palavra não fazia sentido.

— Mãe?

Sua mãe tinha feito uma cirurgia. Sim, ela se lembrava da palavra.

Megan fechou os olhos e viu o rosto da mãe, sorridente e iluminado. Estendeu os braços. Não, eles estavam com fios; não importava, estendeu-os mesmo assim. Era tão bom. Estava tão feliz.

Mãe.

Megan abriu os olhos. Eles pareciam colados com fita adesiva.

Piscou. Estava tudo embaçado de novo, droga. Sua mãe não estava mais lá. Nem a mulher de branco.

— Oi, filha.

Megan entortou a cabeça para acompanhar a voz. Piscou várias vezes. Dois homens. Um de branco, um com uma camisa desbotada. O segundo homem parecia mais desbotado que a camisa.

— Ela ainda vai ficar confusa por algumas horas. Temos que dar um tempo a ela – disse o outro. Parecia firme, mas cansado. Ela também estava cansada. Tão cansada.

Não se atreva!, disse Megami, com as mãos na cintura. Parecia tão ridícula ali, naquela pose, a blusa empapada de sangue. Ou seriam flores vermelhas?

Você tá com medo agora, né?, Megan retrucou, áspera, cheia de amargor. Não, não, estava rindo. Era engraçado! Havia algo ótimo naquilo tudo. Havia algo realmente fantástico em ver o rosto de Megami se inchar de raiva e medo. Ela estava apavorada! Era reconfortante. Megan estava no comando agora. *O que vai acontecer quando eu morrer, Megami?*

Você não vai morrer, Megan. Eu não vou deixar.

Você não tem mais controle nenhum nisso, Megami. Acabou. Megan sorriu. *É o fim. Derrotei você.*

Não.

Você a matou. Você é uma assassina. Merece morrer.

Não. Se. Entregue!

Megan perdeu o ar. Tentou se sentar, mas havia fios, fios por toda a parte, e ela não conseguia respirar. Tentou arrancá-los, mas eles não saiam.

— TIRA, TIRA, TIRA ISSO DE MIM!

Gritar gritar gritar.

Havia tubos esquisitos no teto. De várias cores. Megan tentou sorrir, mas havia algo em sua boca. Em seu rosto. Quando ela inspirava, o ar vinha geladinho, e, quando expirava, fazia barulho e fumaça. Mina acharia engraçado.

Inalador. Cirurgia. Hospital.

As três palavras penetraram no cérebro de Megan como agulhas. Ela fechou os olhos por um instante, sentindo uma dor aguda e repentina na cabeça.

— Filha... Está sentindo dor?

Abriu os olhos, lá estava o rosto do pai. Parecia envelhecido. Ele não era assim quando ela o vira pela última vez. Não mesmo. Tinha olheiras e a barba por fazer estava salpicada de fios brancos. Seu pai era jovem ainda, por que estava parecendo tão velho?

Era culpa dela. Dela.

Sentiu lágrimas aflorarem aos olhos, mas elas não caíram. Estava seca por dentro.

Megan meneou a cabeça de um lado para o outro, tentando fazê-lo entender que não, não era essa dor que ela estava sentindo. Era outra dor. Agora as palavras faziam sentido.

Cirurgia. Hospital. Inalador.

Câncer.

A verdade a abateu sem dó. Ela estava internada. Tinha passado por uma cirurgia. Não precisava de muitas explicações, por mais que quisesse perguntar (mas não quisesse saber, de fato). Estava cansada daquilo. Um maldito hospital. Ela fora parar lá, naquele lugar com cheiro de sangue e desinfetante. E outra coisa que não tem nome, mas todo mundo sabe o que é.

Seu pai olhava para ela com tanta ternura que chegava a machucar. Ele parecia terrivelmente triste e inacreditavelmente feliz ao mesmo tempo. Por ela ainda estar ali.

Ainda.

Não. Se. Entregue!

Mas era o único jeito. Era o único jeito de protegê-los. E também de se libertar.

Só que a expressão no rosto do seu pai, as rugas que apareceram naqueles dias (teriam sido dias? Quantos?), tudo isso arrancava a determinação de Megan. Como poderia deixá-lo? E Mina? E Daniel?

— Você tá me ouvindo, filha?

Megan assentiu. Não conseguia falar. A boca estava seca, seca demais. O ar continuava a entrar gelado e sair em formato de fumaça. Megan ergueu um pouco a mão e sentiu os dedos quentes do pai, o aperto muito, muito quente, ou era sua mão que estava fria? Ela fez um gesto, *fale fale fale*, ela queria dizer. Renato olhou para a mão de Megan entrelaçada na sua e começou a falar, como tivesse mesmo ouvido o pedido dela.

— Filha, você teve que passar por uma cirurgia. Eles removeram um pedaço do tumor – Megan arregalou os olhos, Renato percebeu. – Só um pedacinho. Só para diminuir a pressão. Não dá pra tirar ele todo.

Ele suspirou. Tentou parecer otimista quando voltou a falar. Não convenceu.

— Mas eles disseram que só isso já foi bom. Dá para... aumentar o tempo... – As últimas palavras ele disse tão baixinho, tão para si mesmo, que Megan quase teve que ler seus lábios. Mas ela já sabia o que significava. Não havia cura, apenas tempo. Uma barganha. Um pouco mais de tempo: roubado, furtado, ilegal. Não era o tempo dela. Ele estava acabado.

Dane-se tudo aquilo. Havia coisas mais importantes.

Ela abriu a boca e tentou falar. O que saiu foi um som rouco e débil, abafado pelo inalador. Mas seu pai escutou:

– Diz, filha.

Merda de inalador. Megan tentou tirá-lo, mas a coisa parecia grudada ao seu rosto como a máscara do maldito Bane. Ela começou a se debater e só parou quando sentiu as mãos gentis do pai.

— Calma, filha. Vou tirar um pouquinho pra você falar, mas só um pouquinho.

O ar queimou quando Megan o respirou. Estava quente. Fedia a hospital. Ela aspirou e tossiu, mas, antes que o pai colocasse a máscara de volta, Megan conseguiu dizer:

— Mina.

Os olhos do pai se enterneceram, cheios de dor. Ele colocou a máscara do inalador de volta no rosto de Megan, e ela imediatamente se sentiu sufocada, apesar do ar geladinho ser mais confortável. Não fazia sentido. Nada fazia.

— Sua irmã tá bem, filha. Tá tudo bem.

Megan virou a cabeça de um lado para o outro e, dessa vez, as lágrimas caíram pelos lados do seu rosto, escorrendo pelo cabelo, molhando o lençol. Eram silenciosas, mas doíam.

— Nós enterramos Alanis no jardim do prédio – Renato respondeu finalmente à pergunta que pairava entre os dois como uma sombra. – O síndico deixou. Ninguém resiste a um pedido da Mina, não é?

Ele engasgou. Desviou o olhar de Megan. *Ele sabia.* Sabia que tinha sido Megan. Mas jamais falaria em voz alta. Jamais admitiria. Ele a encobriria. Devia ter inventado uma história para Mina. Para proteger Megan.

Aquilo fez tudo doer ainda mais.

— Mina está triste, claro. Mas está mais preocupada com você. Está na casa do Daniel esses dias. Não iria deixá-la sozinha com a megera da vó de vocês. Os pais do Daniel são muito bons com a gente – Renato riu com tristeza. – De novo estão sendo muito bons com a gente. E a Mina adora o Daniel, você sabe. Ele a faz rir, mesmo agora.

Renato virou-se bruscamente para observar a filha. Apertou sua mão e acariciou de leve o topo da cabeça de Megan. Havia algo lá. Ela não sabia o quê. Não sabia se queria saber também.

— Daniel já veio aqui umas três vezes para vê-la. Na primeira você ainda estava na UTI, não deixaram que ele entrasse. Só família. Mas aqui no quarto ele já veio duas vezes. Gosta muito de você, aquele menino. Sempre gostou.

As lágrimas de Megan caíram em maior quantidade no lençol. Ela também gostava. Queria tê-lo beijado naquela tarde, na praia, naquele dia ensolarado, quando ainda podia. Quando ainda era ela mesma. Agora era só uma *coisa*. Algo deitado numa cama de hospital, que nem conseguia falar direito. Um monte de algo que logo se tornaria nada.

Ela fechou os olhos com força. Não queria ver mais nada. Não queria pensar. Só queria esquecer. Desligar.

Não. Se. Entregue!

Foda-se você, Megami.

NÃO!

Capítulo dez – O fim da linha

— Isso aqui tem gosto de água do canal – Megan ergueu uma colher cheia de sopa e, teatralmente, virou-a sobre o prato, deixando cair sobre ele um fio amarelado e um tanto malcheiroso.

— E tu já bebeu água do canal, por acaso, Fantuva? – Daniel zombou.

Ele estava largado numa poltrona ao lado da cama de Megan. Obviamente havia um livro em suas mãos, mas estava fechado naquele momento. Era horário de visita. O pai de Megan provavelmente estava engolindo um café e um pão de queijo na lanchonete sebenta do hospital. Daniel ficou no quarto enquanto isso, para "ficar de olho" em Megan. Eles estavam sozinhos.

Era estranho estar sozinha com Daniel. Megan ficava pensando em todas as oportunidades que perdera e que talvez nunca mais recuperasse. Agora, ali, não era a hora nem o local para dizer qualquer coisa. Mas ela estava chegando quase ao fim da linha, e então não haveria mais como dizer.

A cama ao lado da de Megan fora desocupada um dia antes. Uma garota de uns doze ou treze anos foi levada para fazer algum procedimento e não voltou. Megan não perguntou à enfermeira o que tinha acontecido. Não queria saber o que já sabia. Era bem óbvio quando você estava internada na área de oncologia pediátrica.

— Não, mas deve ter esse mesmo gosto. Ou gosto de xixi de gato.

Ela se deteve ao dizer isso. Falara sem pensar e agora a palavra parecia rançosa na ponta da língua. Mina estivera no hospital dois dias antes; não era costume deixar crianças dessa idade na visita, mas aparentemente a "condição" de Megan lhe dava alguns privilégios, afinal, ela poderia morrer no dia seguinte (Megan apenas pensou isso, mas não disse. Não queria piorar as coisas). Mina parecia mais velha, mais endurecida. Ela não dizia mais "mamãe" quando se referia à mãe delas. Não era a mesma menininha de antes. Ninguém mais era o mesmo.

Nenhuma das duas falou sobre Alanis. Entretanto, a gatinha estava entre as duas, um peso morto, mas estranhamente vivo. Um fantasma. Mesmo tendo certeza de que seu pai não tinha dito a verdade a Mina, Megan teve medo de que a irmã nunca mais fosse a mesma com ela. De alguma forma, ela sentia, Mina sabia. E o *nunca mais* de Megan era um tempo muito curto.

Daniel se arrumou na cadeira, largou o livro no braço da poltrona e olhou de Megan para a sopa. Ele também não sabia, era óbvio: um segredo, somente entre ela e o pai. E Megan não iria contar; ela não queria que Daniel mudasse. Ele era o único que ainda era o mesmo. Ele não a tratava cheio de dedos, não ficava sério o tempo todo, ainda dizia bobagens engraçadas e tirava sarro de Megan sempre que a oportunidade aparecia. Quando viu a careca de Megan (ela nem sabia o que pensar sobre aquilo, ou se queria pensar... Todo o seu cabelo preto e roxo, que ela pintara e tratara com cuidado por tanto tempo, uma das poucas coisas de que ela realmente gostava na própria aparência, fora raspado antes da cirurgia. E tudo o que Daniel tinha feito ao vê-la foi rir e perguntar "posso alisar sua cabecinha de Buda? Dizem que dá sorte!"). Ele nem tinha ficado sem graça nem nada. E realmente alisou sua careca. Daniel sempre era o mesmo e isso era reconfortante. Constante. *Até mesmo do outro lado do espelho.*

— Eu ajudo você.

Megan ergueu as sobrancelhas, mas prontamente empurrou a bandeja para ele. Daniel levantou-se com ar solene, ajeitou a bandeja à frente de Megan e apanhou a colher, enchendo-a de sopa.

— Aviãozinho não rola, Dan – Megan foi logo dizendo.

O garoto, porém, não se intimidou.

— Vamos fazer um jogo. O mesmo jogo que a Kate e o Sawyer fizeram em *Lost*, lembra?

Fazia tanto tempo que eles tinham assistido àquela série juntos, quase outra vida, que Megan sentiu um aperto de tristeza e melancolia no estômago.

— Segunda temporada?

— Isso mesmo. É o "eu nunca". A gente diz que nunca fez alguma coisa: quem fez, toma uma colherada de sopa. Quem não fez, não toma.

— É ridículo fazer esse jogo com sopa, Dan. Nós deveríamos estar tomando cachaça, tequila ou sei lá o quê.

— Isso seria difícil mesmo se você não estivesse ferrada num hospital. Não é minha culpa que você complica as coisas, dona Megan. Então vai de sopa mesmo.

Megan conseguiu rir e não disse mais nada. Daniel tomou como um sim e lançou o primeiro desafio. Ele ergueu a colher de sopa como Doctor Who erguendo uma xícara de chá e disse:

— Eu nunca caguei fora de casa.

Megan soltou uma gargalhada.

— Isso é um ótimo começo pra abrir meu apetite!

— Não fuja da raia, moça! Responda!

— Você nunca...? Quer dizer, nem viajando?

— Não. Minha mãe já me levou até em psicólogo. Meus pais têm medo de se mudar do apê em que a gente mora por causa disso. Vou ter que morar com meus pais quando me casar, ou eles vão ter que sair de lá de casa.

— Tu nunca me contou isso! – Megan disse engasgada entre risos.

— Claro que não! Você ia tirar uma da minha cara, Fantuva! E aí? Cagou ou não cagou fora de casa?

Um tanto contrariada, Megan arrancou a colher das mãos de Daniel e botou pra dentro a sopa horrorosa. Ela mergulhou novamente a colher na sopa, olhou para Daniel e disse:

— Eu nunca estudei pra biologia.

Daniel franziu as sobrancelhas.

— Tá brincando? Como você ficou na média nas últimas três provas?

Megan sorriu misteriosamente. Sabia que Daniel ficaria irritado, mas era engraçado vê-lo assim. Não deu outra: emburrado, ele pegou a colher e enfiou na boca, dizendo em seguida:

— Eu nunca colei.

— CDF.

Ele entregou a colher pra Megan:

— Pega, vai ter que tomar três vezes a sopa porque você colou de mim nas últimas três provas!

— Ei, isso é sacanagem!

— Culpa sua, Fantuva.

Contrariada, Megan tomou três vezes a sopa. O gosto amargo preencheu toda sua boca, emparelhando com seu sentimento. Ela bateu a colher no prato algumas vezes, fazendo barulho, pensando. Olhou para Daniel, que parecia contente. Ele sorria na frente dela, coisa que ninguém mais fazia. Até as enfermeiras pareciam diferentes quando cuidavam dela, como se soubessem que ela era uma bomba prestes a explodir. Mas Daniel não.

Ela queria tanto ter feito algo e agora era tarde. Por que a gente sempre deixa as coisas que quer fazer pra depois? Por que somos tão covardes? As pessoas não vão estar lá pra sempre. Nem nós mesmos.

— Eu nunca beijei... alguém. Assim. Você sabe – Megan disse lentamente, olhando nos olhos de Daniel.

Ele piscou. É claro que não estava preparado para isso. Megan tinha certeza de que ele não moveria um músculo e aí ela passaria vergonha de verdade (ou mais ainda). Aquilo que tinha acontecido do outro lado... Aquilo não contava, não era ela. Megan passaria vergonha de qualquer maneira, mas jamais imaginara que, cheio de uma sombra escura no olhar, Daniel fosse pegar a colher e então... largá-la, sem provar. Ele não disse nada, mas fuzilou Megan com o olhar. Havia ressentimento ali, algo que ela jamais enxergara em seus olhos. Foi então que tudo fez sentido e a compreensão daquela verdade fez o estômago de Megan congelar.

Todo aquele tempo. Todos aqueles anos. E ela nunca notara.

Daniel estava esperando Megan. Ele realmente estivera esperando *por ela*, todos esses anos. E agora ela ia embora. Para sempre.

Megan teve vontade de chorar, mas sabia que isso não era justo com Daniel. Não quando ele tinha dito a verdade, não quando ela a tinha arrancado de um jeito tão cruel.

Ela tomou mais uma colherada de sopa. Agora até o gosto ruim tinha desaparecido. Nada tinha gosto. Ou melhor, tinha sim: de culpa e arrependimento. E de tempo perdido.

— Eu provavelmente nunca vou fazer isso, não é? – ela disparou, sem conseguir se conter.

Daniel demorou algum tempo para responder, mas não tirou os olhos dela nem por um segundo.

— Se você achar que acabou, eu beijo você. Mas só se você achar que está no fim.

— Daniel, não fala assim... Você...

O que ela queria dizer? Que ele não era seu último recurso? Que ele era sua primeira opção? Que ela descobrira tarde demais que gostava dele?

— Megan – ele a cortou, sério e triste como ela jamais vira. Ele não estava assim nem no dia que ela tinha contado do câncer. – Só no fim.

Foi então que ele riu, mas não havia alegria em sua risada. Daniel deu uma piscadela para ela e completou:

— E nem adianta me pedir um beijo agora, ainda não é o fim. Na verdade, nunca vai ser. Você vai sair dessa e beijar vários caras. E eu não vou precisar tirar meu BV com a garota do cabelo de Fanta Uva. Vou tirar com uma loira gostosona. Vai dar tudo certo.

Megan abriu a boca para dizer algo, *qualquer coisa*, mas quando estava prestes a falar a porta do quarto se abriu. Dois enfermeiros entraram empurrando uma maca com uma garota negra mais ou menos da idade de Megan. Uma médica veio atrás deles trazendo um prontuário e, com ar profissional, checou a bolsa de soro e remédios. Os enfermeiros seguraram as pontas do lençol que cobria a maca e transportaram a garota para a cama antes vazia. Megan não conseguia ver seu rosto; a médica a encobria com o corpo. Foi só depois que ela deu algumas instruções aos enfermeiros e saiu que Megan conseguiu olhar direito para a garota, que parecia anestesiada.

Megan reconheceu aquele rosto, apesar de ele estar muito mais magro e abatido. O choque a drenou. Ela se sentiu esvaziando, lentamente, como um balão furado.

A garota na cama era Camila.

Capítulo onze – Quem vive, quem morre

— Essa porcaria é horrível! Como servem essa bosta pra gente? Estou morrendo e minha última lembrança dessa vida vai ser esse troço com gosto de merda.

Três dias desde a chegada de Camila. Nos primeiros dois ela ficou mais tempo dormindo que acordada. Naquele terceiro dia, quando despertou de madrugada, as primeiras palavras dela foram:

"Que porra!"

E depois ficou tagarelando sobre como ela não podia acreditar que estava de volta naquele hospital. E isso e aquilo. Sua mãe, uma mulher negra e alta que um dia parecia ter sido extremamente atraente, mas agora parecia apenas exausta, despertou apavorada daquele sono horrível que se despenca sem querer quando se está enfiada em uma poltrona de quarto de hospital.

Aquela noite, Renato não estava lá para dormir alquebrado na poltrona ao lado de Megan. As enfermeiras insistiram para que ele passasse a noite em casa, agora que havia outra paciente no quarto de novo. O pai de Megan pareceu ressentido, insistiu que só havia ele para ficar lá, que era seu direito como pai, mas no fim acabou cedendo (prometendo retornar assim que amanhecesse). Megan, porém, ficou aliviada: fazia dias que o pai não dormia direito, em uma cama. Ele merecia um descanso. E Mina também precisava dele.

— Camila, você vai acordar a outra menina que está no quarto!

— Ela também deve achar uma droga estar aqui. A gente pode trocar figurinhas.

— Camila, estou feliz que tenha acordado, mas fique quieta!

Sem poder mais fingir que estava dormindo, Megan se virou na cama para ficar de frente para elas. A mãe de Camila ficou muito sem graça, mas a expressão de Camila foi mais desconcertante: havia tristeza, desesperança e até uma pontinha de raiva em seus olhos. Era como se ela estivesse brava com Megan por estar ali. Era como se, de alguma maneira, ver Megan tivesse lhe roubado a esperança.

Ela apontou o dedo magro debilmente para Megan, com a boca entreaberta, e disse:

— Megan. Da quimioterapia.

Não eram perguntas, mas mesmo assim Megan assentiu.

— Vocês se conhecem? – a mãe de Camila perguntou.

O dedo de Camila caiu sobre o lençol lentamente e seu rosto demonstrava tanto desânimo que chegava a doer.

— É... Sim – Megan respondeu, virando-se para a mãe e tentando sorrir. – A gente se conheceu fazendo quimioterapia outro dia.

— Não acredito que você tá aqui – Camila disse de repente. – Você não devia estar aqui.

— Nenhuma de vocês, meninas – a mãe lamentou. – Vocês são tão jovens... Essa doença é tão injusta...

Camila, que estava apoiada sobre um braço, meio sentada, para enxergar Megan, soltou-se de repente de costas na cama e olhou para o teto. Ela falou tão baixinho que Megan achou que era algo da sua cabeça, já que sua mãe não se manifestou sobre a frase, mas ela tinha certeza de que a garota tinha dito "*não, não é*".

Aquilo causou um arrepio na espinha de Megan. Ela se recostou aos lençóis, tensa.

— Mas, meninas, isso não é hora de conversar – a mãe disse em tom autoritário. Creuza. Era esse o nome da mãe de Camila, mas Megan só descobriria isso mais tarde. – Vocês precisam descansar.

— Eu já dormi por dias, mãe – Camila retrucou, um tanto grossa. – E vou ter muito tempo para descansar logo, logo.

O amargor nas palavras de Camila foi tão claro, tão doloroso, que Megan sentiu um puxão enjoativo no estômago. A mãe dela, por sua vez, soltou uma exclamação de horror e disparou:

— Não diga uma bobagem dessas, Camila!

— Quantas vezes eu já acordei na droga de um hospital, mãe?

Houve um silêncio constrangedor. Camila se virou de lado, e Megan soube que ela tinha fechado os olhos, tentando escapar daquela dor, que era maior que todas as outras. A mãe a chamou baixinho, com ternura, mas Camila não respondeu. Depois de um tempo, todo mundo pareceu ter adormecido de novo.

Menos Megan. Ela demorou para pegar no sono.

A madrugada em um hospital é a pior hora, se é que existe algum momento bom ou "menos ruim" nesse tipo de lugar. Mas a madrugada parece ser sempre mais solitária, mais triste, mais longa. Talvez seja o silêncio. As luzes apagadas. O barulho mínimo no corredor dá a impressão de algo nojento se arrastando pelo piso. É como um filme de horror, mas muito pior. A vida pode ser bem mais aterrorizante que um filme de terror. Um filme tem apenas duas horas. A vida tem horas intermináveis. Longas. Minutos que se arrastam na madrugada de um hospital, quando a morte parece caminhar tão perto, logo ali, naqueles corredores assépticos, decidindo em qual porta bater.

Quando o dia amanheceu, Camila parecia a mesma novamente. Até havia um pouco do antigo brilho em seus olhos. Depois do café, ela pediu à mãe que trouxesse seu xampu e maquiagem de casa quando fosse buscar coisas por lá. Megan não entendia como alguém poderia pensar em se maquiar naquele estado, mas aquilo parecera natural até para a mãe dela, que suspirou aliviada quando a filha disse isso, como se fosse um sinal de que ela ainda estava ali e que a Camila sombria da madrugada anterior tivesse sido um mero pesadelo.

Um pouco antes da hora do almoço, Dona Creuza deixou o quarto, relutante, beijando Camila várias vezes e repetindo que uma tal de Tia Dete viria para ficar com ela de tarde e que o pai da menina viria no horário de visitas. Camila torceu o nariz. Depois Megan descobriu por quê: a tal Tia Dete era um porre.

— E fala pro Neto que ele só pode vir no final de semana. Eu já falei pra ele no celular, mas ele ficou dizendo que vai vir na visita de qualquer jeito. *Eu não quero, mãe.* Não assim. Não agora.

— Tá bom, tá bom, filha, já sei. Só no final de semana.

— E o seu namorado? Vai aparecer? – Camila se virou para Megan, que por sua vez sentiu o rosto se transformar em um pimentão. Seu pai, que estava na poltrona (ele cumprira a promessa de voltar ao amanhecer), espichou o pescoço ao ouvir isso.

— Como assim? Namorado? Quem tá namorando minha filha? Eu vou pegar o Daniel de jeito, ah, se vou!

— Pai! Eu não tô namorando o Daniel!

— Ah, é verdade, é Daniel o nome do gatinho – Camila interrompeu. – E aí, eu quero conhecê-lo!

Megan revirou os olhos e não respondeu. Preferiu encarar o teto. Aquela conversa era tão desconfortável! Já não bastava o que tinha acontecido aquela tarde, na visita, e que na última vez que Daniel estivera ali, Megan se sentiu uma idiota, estúpida, cruel e horrível. Apesar de que ele parecia o mesmo e nem mencionou a conversa dos dois.

— Bem, eu já vou indo – disse a mãe de Camila, beijando-a novamente, como se a garota fosse sumir assim que ela ultrapassasse a porta do quarto. Megan se reprimiu pelo pensamento um segundo depois. Deveria ser exatamente o que sentia a pobre mulher. E seu pai também. Ela olhou para ele, que parecia se sustentar em pé apenas por pura força de vontade.

— Pai, aproveita e vai com a mãe da Camila. Vai almoçar, já tá na hora do almoço para os acompanhantes, tá não?

— Mas daqui a pouco é a hora do seu almoço, filha.

— Pai, eu sou grandinha. Posso comer sozinha.

— Megan...

Mas ele acabou cedendo, deixando Megan e Camila sozinhas no quarto. O almoço delas realmente chegou logo depois. Para Camila, a sopa rala e horrorosa, mas Megan se surpreendeu ao ver um prato de metal, com separatórias, todas cheias de punhados de arroz, legumes e até uns pedacinhos de frango cozido.

— Que filha da mãe sortuda! – Camila disse, encarando o prato de Megan com inveja. – Troca comigo, vai?

— Não posso!

Camila revirou os olhos, tomou mais umas duas colheradas de sopa e empurrou o prato, deitando-se novamente sobre os lençóis. Ela olhou de um lado para outro, como para se certificar de que estavam sozinhas, e olhou direto para Megan, um olhar que trouxe novamente aquele frio estranho na espinha que a garota sentira durante a madrugada. Ela desviou o olhar, desconfortável.

— Você não deveria estar aqui, Megan – ela repetiu, sombriamente.

Megan se virou para ela, sentindo-se sem nenhum apetite ao ouvir novamente aquelas palavras.

— Nem você, Camila. Como sua mãe disse, isso tudo é injusto.

— Não é não – ela repetiu. *Então eu não imaginei aquilo ontem?*

— Por que tá dizendo isso, Camila?

Ela deu de ombros:

— Só acho que essa doença sabe exatamente o que está fazendo. Ela escolhe as pessoas certas. Pessoas perdidas, que precisam se encontrar.

Megan empurrou sua bandeja e recostou-se nos lençóis. Seu estômago tinha dado um nó. Ela tinha a sensação horrível de que Camila sabia muito bem do que estava falando, apesar de parecer ter perdido o juízo. Mais ainda, teve a estranha impressão de que Camila poderia estar falando dela, de Megan.

Porque era assim que ela se sentia, mesmo antes do câncer. Perdida.

O espelho a ajudara a se encontrar. A perceber que ela tinha um motivo para viver. Ela precisava acabar com tudo aquilo, salvar as pessoas que amava. Megami não conversava com ela havia dias, mas Megan sabia que ela estava lá, esperando a hora certa, bem num cantinho escuro de sua mente. E, no exato momento que Megan se deparasse com um espelho, ela retornaria. E então teria que dar um fim naquela história antes que mais alguém saísse machucado. Ou pior.

— Por que você diz que eu não deveria estar aqui, Camila? – Megan ousou perguntar.

Só dizer a pergunta em voz alta fez Megan querer vomitar; ela tinha medo da resposta, daquela outra Camila que estava começando a conhecer. Mas precisava saber mais que tudo.

— Eu sonhei com você.

Megan se virou para encará-la. Camila, por sua vez, olhava fixamente para o teto, uma lágrima escorrendo pelo rosto.

— Como assim?! O que você sonhou?

— Sonhei que a gente ia se encontrar de novo, Megan. E que quando a gente se encontrasse... Ah...

Camila começou a chorar. Aquilo foi tão desconcertante, que Megan não soube como agir. Ela se sentou na cama, virou-se para Camila, estendeu o braço, mas as camas estavam muito distantes, e ela não conseguiu tocá-la. Camila, por sua vez, percebendo o que Megan ia fazer, meneou a cabeça de um lado para outro.

— É assim que as coisas são, Megan – ela disse simplesmente.

— Como assim, Camila? O que acontecia no seu sonho?

Ela ainda demorou alguns minutos para responder.

— Eu morria.

Megan demorou algum tempo para absorver aquilo. Sua primeira reação foi não acreditar. Só podia ser besteira, ela e Camila só se viram uma única vez, como a outra poderia ter sonhado com ela, ainda mais uma coisa dessas? Mas as lágrimas desciam pelo rosto de Camila com tamanha dor que era difícil não acreditar.

— E eu, Camila? Nós morríamos aqui, é isso? Eu e você? Juntas?

Foi quando Camila se virou finalmente para olhá-la e Megan enxergou novamente aquela dor e até a raiva que vira na noite anterior.

— Não. Você não vai morrer, Megan. Você vai sobreviver.

As duas se encararam por um bom tempo até que Megan riu. Aquilo não fazia sentido algum. Camila tinha leucemia, que era horrível, mas havia muito mais chances de se sobreviver a uma leucemia. Um tumor no cérebro, por outro lado... Camila só podia brincando com ela. Uma brincadeira cruel.

— Você não sabe de nada – Megan praticamente cuspiu. – Por que tá falando isso? Você nem sabe o que eu tenho, não sabe que o que eu tenho é muito mais uma sentença de morte!

— Você tem câncer no cérebro, Megan. Não é?

Megan engoliu em seco. Ela não se lembrava de ter contado aquilo. Buscou na memória aquele dia da quimioterapia, mas não havia nada, nada. Fora Camila quem falara o tempo todo. Ela não tinha contado a ela, tinha certeza disso.

Olhou para Camila novamente. As lágrimas ainda rolavam por seu rosto, que aquele dia parecera tão bonito, e agora estava encovado, abatido. Era quase como se ela fosse outra pessoa. Algo dentro dela já tinha morrido. E Megan tinha a horrível impressão de que fora culpa dela.

*

Camila faleceu no mesmo dia em que Megan teve alta.

Tinha acontecido de repente. No dia anterior, ela estava fraca e silenciosa, mas todos pensaram que era porque ela tinha terminado com o namorado naquela tarde. Era um domingo, e ela finalmente permitiu que ele a visitasse. Camila se arrumou e se maquiou e disse que eles não poderiam ficar juntos. Simples assim. O namorado protestou, disse que não iria abandoná-la naquele momento, mas a garota fora irredutível. Não houve choro por parte dela. O namorado deixou o hospital arrasado. Os pais de Camila estavam incrédulos. A mãe disse que ela não deveria ter feito isso, que o rapaz era ótimo e gostava dela, que ela tinha que se apegar a toda felicidade do mundo. Camila apenas beijou os pais e se deitou na cama, fechando os olhos. Parecia uma despedida. Depois disso, dormiu.

Na madrugada da segunda-feira, a morte escolheu a porta daquele quarto. Abriu-a sorrateiramente, passou por Megan sem olhá-la e encontrou Camila ainda dormindo. Levou-a consigo num suspiro. E, quando amanheceu, a garota não estava mais lá. Só restara um silêncio atordoante e uma casca vazia.

Naquela mesma tarde, Megan recebeu alta. O médico disse que

seu quadro tivera melhora e que ela poderia continuar o tratamento em casa e, periodicamente, a quimioterapia no hospital. Megan não imaginava como poderia entrar naquela sala sem Camila. Ela só a encontrara duas vezes, passara poucos dias com ela, mas parecia que a sombra da garota ainda estava dentro dela, encobrindo tudo.

Você vai sobreviver.

Megan queria ir ao enterro, mas, quando finalmente conseguiu deixar o hospital, descobriu que já era tarde. Seu pai a levou para casa em um silêncio aturdido e doloroso.

Renato encarava atormentado tudo aquilo como a visão de um futuro não muito distante, um futuro que poderia chegar no próximo mês, quem sabe na próxima semana. Megan, entretanto, era atormentada justamente pela frase que daria esperança ao pai. A frase dita por uma garota que agora estava morta.

Você vai sobreviver.

Antes de deixarem o hospital, quando Megan estava calçando os tênis, tentando não olhar para a cama de Camila, Renato deixou algo sobre a cama. Era um presente mal embrulhado, com papel de princesas da Disney.

— Meu aniversário é só no sábado, pai.

— Esse não é um presente de aniversário, filha. É só... algo que eu achei que você talvez quisesse usar. Comprei ontem, a Mina que embrulhou. – De repente ele parecia alarmado. – Mas se você não quiser, não tem problema! Não precisa usar se não quiser!

Ok, aquilo agora era um pouco mais que curioso. Megan largou os cadarços dos tênis por um instante (eles estavam um pouco mais complicados que o normal) e desembrulhou o presente.

Era um lenço comprido e roxo, quase do mesmo tom do cabelo de Megan. Ela sabia que era um motivo idiota, que a cama de Camila ainda estava fresca e isso sim era um motivo para chorar, mas por alguma razão algo amargo subiu pela sua garganta e ela sentiu-se engasgar.

— Filha, não, me desculpe!

Megan apenas negou, incapaz de falar por um minuto, até que conseguiu juntar as palavras:

— Não, pai. Sério. Eu adorei. É muito bonito...

Completamente sem jeito, Renato segurou o lenço e começou a enrolá-lo na cabeça de Megan.

– A Mina que sabe fazer isso direito. Ela ficou procurando vídeos no Youtube de como fazer vários nós diferentes, em casa ela te ensina. Esse foi o único que memorizei. Pronto! Quer um espelho pra olhar como ficou?

Um arrepio percorreu a espinha de Megan. Ela tentou disfarçar.

— Não precisa, pai – disse, alisando a cabeça e depois a ponta enorme do lenço que Renato tinha deixado pra frente, em cima do lado esquerdo da camiseta. Se não parasse para pensar, parecia uma trança do seu próprio cabelo. – Eu gostei. Obrigada.

Mais tarde, quando os dois chegaram em casa, Mina e Daniel estavam lá, esperando. Mina correu para a porta e abraçou as pernas da irmã com tanta força que Megan teve que pedir para soltá-las. A irmãzinha tinha um olhar triste e fundo, e muito do seu brilho parecia ter-se apagado, talvez para sempre.

Daniel parecia o mesmo, mas só por fora. Megan não enxergava, mas conseguia sentir que havia algo dolorido dentro dele, algo que ele tentava manter escondido bem no fundo. Talvez tivessem planejado recebê-la de alguma maneira mais festiva, já que havia, na mesa da cozinha, uma faixa desenhada por Mina, com dizeres escritos com a letra de Daniel *"Seja bem-vinda de volta, Meg"*, mas ela não estava pendurada. Não fazia sentido se alegrar quando Megan e Renato tinham acabado de vir de um lugar onde a morte passara tão próxima, tão recente, justo na cama ao lado.

Mesmo assim, Megan se sentou no sofá entre as pessoas que mais amava no mundo e apreciou aquela tarde. Daniel trouxera seu Wii e eles jogaram Super Mario Bros. juntos por horas. Mina não desgrudava da irmã e realmente ficou experimentando vários nós diferentes no lenço de Megan; ela tinha jeito para a coisa e, no final, Megan quis ficar com um nó curto, todo enrolado no alto da cabeça. Pesava um pouco, mas ela não se importava, daquele jeito parecia que tinha cabelo de novo.

Megan aproveitou aquele momento, apesar do fantasma de Camila e de sua morte, apesar da sombra de Megami em sua cabeça, apesar de saber que ninguém ali estava feliz ou, talvez, estivessem felizes de um jeito diferente. *Feliz* era uma palavra distante, mas ainda assim aquele era um momento a ser aproveitado. E a felicidade não é feita de momentos? Megan não acreditava nas palavras de Camila: ela sabia que o final estava próximo e qualquer minuto que passasse ao lado de seu pai, Mina e Daniel era precioso.

Quando a noite chegou, Megan tentou se manter alerta, mas seu pai percebeu as marcas de cansaço e desligou o videogame. A garota protestou, mas o pai insistiu que ela precisava jantar e depois descansar, que eles tinham que seguir os horários do hospital. Para piorar, Daniel e até Mina engrossaram o coro dos prevenidos, e Megan não teve outra saída senão resmungar.

Ele tinha razão, Megan estava realmente exausta. Ela se levantou, rápido demais, e sentiu sua já conhecida tontura. Daniel a amparou no exato instante em que ela estava quase caindo no sofá novamente, o que serviu para o pai reforçar que ela precisava descansar e blá, blá, blá. Mas Megan não estava mais prestando atenção; não era a primeira vez que Daniel a tocava, mas era a primeira desde o que tinha acontecido no hospital. E havia um calor diferente, sufocante, mas estranhamente delicioso, subindo por seu peito e chegando ao seu rosto. Ela percebeu que Daniel sentira o mesmo.

— Arrumei o quarto pra você, filha – Renato disse, seguindo na frente dos dois. – Você vai ficar mais acomodada aqui e vamos poder cuidar melhor de você, tem mais espaço.

Megan sentiu o estômago afundar quando adentrou o quarto. Era o quarto dos pais, ou melhor, do seu pai. A cama de casal estava arrumada e cheia de travesseiros, para quando fosse preciso erguê-la, como faziam no hospital. Havia algumas coisas novas, e sua presença ali causava um sentimento amargo na boca de Megan: um inalador e um apoio para bolsinhas de soro, sangue e medicamentos.

Seu pai a encarava ansioso, num misto de preocupação e medo. Ele não esperava que ela ficasse feliz, apenas que aprovasse. O que ela poderia dizer? Que queria voltar ao seu quarto e enfiar todos aqueles trecos horrorosos de hospital na cama ao lado da de Mina?

Mas isso não era o pior.

O pior era que o espelho continuava na parede. E Megami a encarava do outro lado, furiosa.

Capítulo doze – Cacos de vidro

— Olhe pra mim!

Megan tapou os ouvidos com o travesseiro. Não aguentava mais ouvir aquela voz, *sua própria voz*, repetindo palavras e ameaças do outro lado do espelho.

Dentro da sua própria cabeça, Megan.

Debaixo das cobertas, ela tocou no visor do celular: 3h50m. Madrugada. Aquela hora nenhuma, que se arrasta, longa e infinita.

Fazia três dias que Megan retornara para casa. No primeiro ela teve uma leve discussão com o pai, insistindo que queria ir à aula. Era uma sexta-feira. O pai venceu a discussão quando Megan não conseguiu reprimir um gemido de dor: novamente, a cabeça estava doendo. O pai atribuiu ao câncer; já Megan, internamente, ao tormento constante de Megami do outro lado do espelho.

Eram poucos os momentos que ela sumia de lá e deixava apenas o reflexo magro, abatido e cheio de olheiras de Megan. Nesses poucos momentos de paz, ela se encarava no espelho e percebia com amargor que passara tanto tempo tentando emagrecer e na verdade estava ótima do jeito que estava antes. Estava bem, estava feliz. Agora tudo o que conseguia ver refletido era uma imagem fraca do que um dia fora: uma garota abatida, exausta e derrotada.

No sábado, a manhã do seu aniversário de quinze anos, Megami retornou ao espelho com uma aparência quase tão péssima quanto a de Megan. Era manhã e Megan tinha passado uma noite horrível, mal conseguia se virar na cama, mas ainda assim fez um esforço para poder observar Megami. Ela estava de pé, encarando-a com os olhos vermelhos e inchados, sem maquiagem. Megan sabia que devia gritar, que devia fechar os olhos e tentar expulsar aquele reflexo bizarro de sua mente: sua (quase) imagem de pé, enquanto ela estava deitada, mas estava tão cansada que simplesmente começara a aceitar a loucura como parte da realidade.

— O que aconteceu? – Megan perguntou num sussurro, quebrando sua própria promessa de ignorar Megami a todo custo.

— Você se importa? – Megami retrucou, atrevida. Ela podia estar um caco, mas não perdia a maldita pose.

Megan pensou por alguns instantes. Não sabia o que responder.

— Talvez.

— Você é uma mentirosa filha da mãe.

— Da nossa mãe? – Megan retrucou, irônica.

— Dane-se. Não vai sobrar muito dela por aqui pelo jeito que as coisas vão indo.

Isso fez Megan se sentar na cama. Sua cabeça girou em todos os ângulos e a imagem de Megami ficou embaçada, mas ela se segurou com força nos lençóis e se manteve sentada.

— Do que você tá falando?

— Ah, ficou curiosa, é? Por que não vem pra cá, então?

Megan engoliu em seco. Não era a primeira vez que Megami fazia aquela proposta, nem seria a última em que Megan balançava. Desde que voltara pra casa e se instalara naquele quarto parecia pior. Mais dores, mais enjoos, mais... *alucinações*. Na noite anterior ela gritou dentro de um pesadelo até sentir os braços do pai ao seu redor e perceber, aterrorizada, que afinal estivera gritando de verdade, com a cabeça explodindo feito uma bomba programada. Renato queria levá-la de volta ao hospital, mas Megan implorou para ficarem ali. Se em casa era horrível, seria muito pior naquele lugar infernal, onde Megan ouvia os passos da morte no corredor.

— Você vai se sentir melhor desse lado, Megan – Megami insistiu. – Você sabe disso, tudo vai passar. Tudo. Desse lado, você não está doente.

— *Você* não está doente, Megami. Eu estou, não importa onde estiver.

Megami revirou os olhos.

— Isso não é verdade, Megan. Se vier pra esse lado, *você vai sobreviver*.

Você vai sobreviver, Camila tinha dito.

Não, ela não ia ceder. Não abandonaria sua família e Daniel para ir para aquele lugar onde todos a odiavam, onde não havia amor. Porque era isso que era de verdade o outro lado do espelho. Mais dor, não física, mas muitas vezes a dor física é bem mais suportável. E, desse lado, amor era tudo o que lhe restava.

Megan apenas se virou para o outro lado da cama e tapou os ouvidos com o travesseiro para não escutar Megami. Acabou passando um dia surpreendentemente bom depois disso, sem dores. Saiu com Daniel à tarde (ele lhe deu uma correntinha com um pequeno pingente de coração, um presente surpreendente vindo de Daniel, que só lhe dava livros ou coisas *nerds* em aniversários; Megan gostou e resolveu usá-la direto) e, à noite, até comeu um pedacinho do seu bolo de aniversário, sabor chocolate crocante, que seu pai tinha comprado na padaria.

No domingo, Daniel apareceu na porta do quarto, espiando sem jeito, dividido entre olhar ou não para Megan, e olhar ou não para o espelho. A garota estava sentada, lendo o livro que ele tinha lhe emprestado. Era uma manhã milagrosamente ótima, ou talvez fosse apenas a ausência de Megami.

— Você vai ficar aí?

Daniel sorriu do jeito de antes e sentou-se na cama, ao lado de Megan. Espiou o livro.

— Ah, mais uma parte deliciosa do Harry-CAPS-LOCK.

— Ei, eu até que gosto dele assim.

Daniel puxou mais o livro para checar a página.

— Não acredito que você ainda não terminou.

Megan o encarou como quem diz "passei por muita coisa", mas Daniel a encarou de volta sem se abalar.

— Tu é uma preguiçosa, Cabeça de Uva Passa. Eu li dois livros enquanto você estava no hospital, e só lia na hora de visita.

Megan riu. Era bom rir, e ela percebeu que ultimamente só Daniel conseguia arrancar isso dela.

— Você é biruta, Dan. E "Cabeça de Uva Passa" foi nova.

— É, eu sou muito criativo mesmo. E incrivelmente bonito.

Por algum motivo – e Megan sabia qual era – ele não a encarou quando fez aquela brincadeira. Normalmente ele diria algo assim fazendo pose e até poderia piscar para ela, mas não dessa vez. Daniel ficou meio sem graça, irritado, como se a frase tivesse escapado, e então finalmente encarou o espelho, onde se encontravam apenas os dois refletidos. Nada de Megami. Mas a garota sabia que, se ela voltasse, Daniel jamais a enxergaria. Megami era coisa de sua cabeça, o que só a deixava ainda mais apavorada.

— E o que você me diz dele? – Daniel perguntou, apontando para o enorme espelho. – Não vejo nada.

— Ela não está ali.

Daniel a observou por algum tempo. Megan sabia o que ele ia sugerir, de novo: que era tudo uma alucinação por causa do tumor. Por alguma razão que nem ela mais conseguia compreender, não queria admitir que ele poderia, sim, estar certo.

— Nem começa, Dan.

— O seu pai veio falar comigo sobre isso.

— O quê?

Daniel cruzou os braços, encostando-se à cabeceira da cama, os olhos fugindo de Megan de propósito.

— Ele estava estranho. Disse que o médico falou que você poderia ter alucinações, mas não me perguntou exatamente isso... Perguntou se eu tinha reparado em alguma coisa esquisita em você, Megan. Disse que, de todas as pessoas, eu era a pessoa certa para saber. Algo... como foi a palavra que ele usou mesmo? – Daniel franziu a testa. – *Maluco.*

— "Maluco"? Ele usou essa palavra mesmo?

— Usou. Eu achei tão estranho. E ele ainda disse "algo maluco, impossível de acreditar" – Daniel se virou para Megan. – Você acha que ele sabe, Meg?

Megan sentiu o estômago revirar. Ela nunca tinha cogitado, de verdade, aquela possibilidade. Sua mãe também não dizia nada no diário. Seria possível que seu pai soubesse o que estava se passando com sua mãe na época e agora com Megan? Mas a verdadeira questão era: ele acreditava nisso ou achava que era tudo alucinação delas?

— Você não está maluca, Megan – disse Megami naquela madrugada, enquanto Megan pressionava com força o travesseiro nos ouvidos. A cena com Daniel se dissolveu em sua cabeça, partida em mil pedaços pela voz de Megami, a sua voz, bem mais estridente, e ainda assim, cruel. – É tudo verdade! E você tem que vir pra cá! O nosso tempo está acabando!

Megan jogou o travesseiro longe. Não adiantava. Nada adiantava. A voz não estava no quarto, *mas sim na sua cabeça.*

Ela se sentou na cama, sentindo a cabeça rodopiar, e encarou Megami do outro lado do espelho. Estava escuro e a casa era incrivelmente silenciosa. Seu pai e sua irmã estavam dormindo no quarto ao lado, e era possível ouvir os estalos das lâmpadas da rua na madrugada. Era impossível ninguém acordar com os gritos de Megami. O que significava só uma coisa: eles não eram reais.

Ou eram reais somente para ela.

Megan checou o celular novamente e arregalou os olhos, largando-o em seguida, apavorada.

3h50.

O tempo não estava passando.

— O que você fez? – Megan sussurrou, trêmula. – O QUE VOCÊ FEZ?

Megami riu quase com piedade.

Megan levou as mãos à cabeça dolorida, sentindo as lágrimas arderem em seus olhos. Ela estava maluca, *maluca*. Estava enlouquecendo! Só podia ser coisa da doença, os médicos, Daniel, seu pai, estavam todos certos. Megan tinha perdido o juízo. Megami não existia. *Megami era ela mesma*.

— Você é tão patética, Megan – Megami provocou. – Só tem um jeito de resolvermos isso e você sabe qual é.

— Matar alguém? Como você fez, Megami? Como você matou a gata da minha irmã?

Megami demorou alguns segundos para responder. Quando Megan pensara tê-la atingido, a garota soltou, mordaz:

— Você deveria me agradecer por não ser pior, Megan. Não é um caminho que eu gostaria de escolher, mas vou fazer se continuar sendo teimosa. Da próxima vez não vou matar só uma gata. Você não sabe do que eu sou capaz.

Foi como se Megan tivesse mergulhado em uma piscina de gelo. Paralisada, ela encarou Megami, sentindo o horror daquela frase fluir por suas veias. Sua irmã, sua irmãzinha...

Minhas mãos estavam em torno da garganta de Mina.

O espelho. Ela ergueu os olhos, observando-o, assistindo Megami rir, ela e seu olhar complacente, ela e suas olheiras e sua maquiagem borrada, quase tão destruída quanto a própria Megan.

Porque elas eram a mesma pessoa. A mesma.

Megan se levantou. Ela não sabia de onde buscara forças, mas as trouxe de algum lugar e puxou a cadeira em que seu pai costumava se sentar para ficar ao seu lado, na cabeceira da cama. Era a mesma em que ele se sentava para ficar ao lado de sua mãe quando ela estava doente. Ele não usava a cama quando velava o sono e as dores delas, jamais. Só a cadeira.

Megan a segurou pelo encosto. Não importava que estivesse fraca e doente, acabada; naquele momento, *somente naquele momento*, ela sentiu que poderia fazer qualquer coisa por Mina. E faria.

Ergueu a cadeira um pouco acima do chão, o suficiente para tomar impulso. Megami parou de rir e a encarou num misto de curiosidade e espanto.

— Você também não sabe do que eu sou capaz, Megami.

Num segundo ele estava lá.

O espelho. Inteiro. Sombrio. Assustador. Inviolável.

No outro, não estava mais.

O espelho. Quebrado. Perdido. Silencioso. Partido.

Megan tinha soltado a cadeira, que se chocou contra o vidro, e milhares de cacos se estilhaçaram, voando em várias direções, num grito silencioso, dentro de um sonho ruim.

Um sonho.

Até que pararam de voar, os cacos, todos eles, em pleno ar. Simplesmente pararam. Megan olhou ao redor, para os reflexos, a sua imagem, e lá estava ela refletida, o seu inverso, o mesmo rosto ao contrário em mil cacos de vidro.

Tão errado. Tudo era o oposto do que deveria ser.

Megami sorria mil vezes à sua volta.

Reverso.

E então todos os cacos refizeram seu caminho em câmera lenta, de volta ao espelho, montando-se novamente um por um, até que o espelho se tornou sólido e perfeito, como se jamais tivesse sido violado.

E lá estava sua imagem invertida.

Megami.

Ela estendeu o braço magro e puxou Megan para o outro lado.

Capítulo Treze – Dentro da Caixa

A casa era habitada por gritos. Eles doíam, como se penetrassem nos ouvidos de Megami, como se penetrassem em sua própria alma.

Megan se encolheu num canto da mente da garota, apavorada. Ela estava lá novamente, do outro lado. Era o fim, não? Ela jamais conseguiria fugir dessa vez. Megami daria um jeito. O que ela poderia fazer? Ela teria que decidir, *agora*. Precisava tomar o controle de volta. Sentia-se ao mesmo tempo melhor e pior, como desconfiava. Não havia mais o cansaço físico, a exaustão da doença, mas havia a dor mental, aquela que rasgava o peito e tirava a vontade de tudo.

Megami não se importou com nada disso, provavelmente nem percebera os pensamentos de Megan. Só tinha ouvidos para os gritos na sala. Seus pais estavam brigando. *De novo... A última vez,* Megan ouviu os pensamentos da garota. Eles berravam como se o mundo estivesse acabando, e Megan estremeceu quando ouviu o som de vidro partido. Megami se afastou do espelho e esgueirou-se para fora do quarto dos pais.

Ela olhou de relance para a sala, e Megan viu, pelos olhos da garota, aquele casal que parecia seus pais. Os dois tinham os mesmos rostos, as mesmas vozes, mas não o mesmo coração. Renato tinha um olhar de desprezo que não pertencia a ele, enquanto Marina (Marisa, o nome dela ali era *Marisa*) estava descontrolada, quebrando objetos, gritando.

Nem mesmo Megami se atreveu a interromper a discussão.

Ela se esgueirou novamente e adentrou o quarto que dividia com a irmã. *Mina, não, não era Mina, era uma outra Mina, não a minha Mina,* Megan se forçou a lembrar. Megami estava mexendo em alguma coisa na sua cabeça, afastando sua verdadeira família dela, e ela não podia permitir, não podia.

Mina estava encolhida na cama, enfiada nas cobertas, agarrando um ursinho de pelúcia. *Não, Alanis, Alanis não está mais aqui, você a matou, Megami!*

— É, ela morreu – Megami sussurrou, e Megan sabia que era só para ela. – Aqui também.

Mina ergueu os olhos para Megami, assustada.

— Eles ainda estão brigando? – perguntou numa vozinha frágil, que apenas tentava soar indiferente.

— É claro que estão – Megami respondeu como se aquilo fosse óbvio. Ela não precisava falar assim, Mina estava assustada. No mesmo tom, ela completou, apenas para Megan. — Ela precisa entender que a vida não é um conto de fadas. E que as histórias nem sempre têm um final feliz.

Mina se escondeu debaixo das cobertas e, pelo barulho que fazia, tinha começado a chorar. Isso não incomodou Megami, que não fez menção alguma de interromper seu caminho por causa da irmã. Ela cruzou o quarto e abriu o guarda-roupa, fazendo voarem calças, saias, vestidos e blusas para todo lado.

— O que você está fazendo, sua maluca? – Mina perguntou.

— Volte a se esconder dos gritos como sempre faz, pirralha. Enquanto isso, eu vou limpar toda essa merda dos nossos pais.

Havia um senso de urgência e justiça em sua própria voz, como se Megami tivesse certeza de que estava fazendo o possível, *o que era certo*, para salvar sua família. Era o que ela acreditava, assim como Megan acreditava que poderia salvar a sua.

Ela precisava encontrar o Daniel desse lado. Ele era a chave para resolver tudo aquilo, ela sabia, sentia. Ele era o mesmo ali, o único que não mudara. Constante. Era especial de alguma maneira que Megan ainda não compreendia, muito menos Megami.

Mas como chegaria a ele quando Megami estava tão focada? Ela tinha o controle agora, e tudo o que Megan conseguiu fazer foi se encolher no escuro, protegendo-se das sombras que ameaçavam envolvê-la.

— Você não queria saber o que estava nessa caixa? – Megami perguntou em voz alta, mas era com Megan que conversava. Ela finalmente tinha encontrado o que procurava: uma caixa velha, infantil, com um adesivo desbotado da Mônica colado na tampa. – Agora vai descobrir – completou, levantando-se e levando a caixa consigo.

Antes de deixar o quarto, Megami se virou uma última vez e encarou Mina. Só dava para ver seus olhos e o topo de sua cabeça atrás das cobertas, que ela usava como um escudo.

— Não saia daí, Mina – Megami alertou, feroz, mas Megan sentiu, como uma brisa suave e fugaz, que havia ali cuidado além de um aviso. Uma preocupação de irmã. – Eu juro, se você sair... Não me teste, menina!

Mina se escondeu debaixo das cobertas, aterrorizada. Megami respirou fundo, abriu a porta e caminhou a passos duros até a sala.

*

— Você não pode deixar nossa casa! – era o que gritava sua mãe (*a mãe dela, a mãe dela!*) quando Megami adentrou a sala. – Você não vai abandonar a gente, Renato! Você...

Mas Marisa se calou quando viu Megami parada ali, próxima ao corredor, com uma caixa surrada nas mãos. Renato também a encarou, com o mesmo olhar de desdém que dirigia à esposa, talvez até mais intenso. Megami, porém, tomou aquilo como um incentivo, empinou-se ainda mais e encarou os dois, olhos nos olhos. Quando sua voz saiu, era forte e firme.

— Vocês dois sabem o que tem dentro dessa caixa, não sabem? Vocês a ignoram, assim como fazem comigo, *a maldita filha de vocês.*

A voz dela podia estar firme, mas suas mãos tremiam segurando o objeto. Megan se levantou, afastando-se das sombras e subindo, tentando chegar à superfície, aproveitando-se da fragilidade de Megami.

— Cale essa boca imunda, Megami! – Marisa disparou num grito tenso, desesperado. – Cale essa boca e saia daqui, garota!

— Você só não quer ver. Quer ficar cega, pra sempre no escuro! – Megami gritou também. Megan continuou subindo.

— Ouça sua mãe – Renato disse em tom de ordem, ironicamente concordando com Marisa. – Vá para o seu quarto, *menina,* e não fale do que não entende – ele cuspiu com desprezo, zombando especialmente ao chamar a filha de "menina". Não era o mesmo jeito carinhoso que Renato (*o meu pai, o meu pai Renato*) usava com Megan.

— EU ENTENDO MUITO BEM! – Megami finalmente se descontrolou, a caixa tremendo como nunca em seus dedos. Megan conseguia ver a luz lá no alto. *Só mais um pouquinho, só mais um pouquinho.* – Vocês é que não enxergam!

Foi quando Megami abriu a caixa e atirou o conteúdo na mesa de centro, entre o pai e a mãe. Mas Megan viu tudo também. Sua visão escureceu e ela hesitou por alguns instantes, horrorizada.

Na mesa se encontravam inúmeras fotos, bilhetes e até mesmo um DVD. Não dava para saber seu conteúdo ao certo, mas as fotos já diziam tudo. Renato e uma mulher, encontrando-se, tocando-se, beijando-se e indo até além disso. Megan não conseguia imaginar como Megami tinha conseguido tudo aquilo. Mas ela tinha. Só de olhar aquelas fotos, Megan podia imaginar o conteúdo do DVD, mas não queria ver. Já doía o suficiente olhar aquelas fotos, ver o seu pai (*não o meu pai, o pai dela, dela!*) em cenas íntimas com outra mulher, *traindo*. Renato, o *seu* pai, era incapaz disso (*meu, meu pai*).

Marisa desviou o olhar das fotos, enojada, contendo um soluço, e virou-se para a janela, fugindo. Já Renato observava as fotos com os punhos contraídos e o rosto avermelhando-se cada vez mais.

— Quando eu reuni tudo isso – Megami começou –, era para mostrar para a minha mãe a verdade sobre você. Mas agora isso não importa mais, ela não quer ver, vai ignorar tudo e voltar pra você como um cachorrinho manso balançando o rabo. É só você dizer uma única palavra. E o pior é que, se você for embora, aí é que ela morre de vez mesmo, porque morta ela já está faz tempo.

— Se não importa mais, por que está fazendo isso, *menina*? – Renato disparou, estreitando os olhos para a filha. Megan sentiu, em seu próprio peito, a raiva que transbordava do pai. A força era terrível e o impacto era como levar um soco no estômago, mas Megami não se desviou nem hesitou por sequer um instante, apesar de suas mãos ainda tremerem. – Por que se dar ao trabalho de guardar isso e jogar na minha cara agora?

— Para que você saiba, *pai*, que tenho cópias de todo esse lixo e que vou usá-las contra você se deixar essa casa e abandoná-la – ela apontou para Marisa, como uma acusação –, e, principalmente, Mina. Não me importa mais abrir os olhos da minha mãe – ela olhou para Marisa, que agora soluçava na janela, apoiando-se no parapeito como se fosse cair se ele não a amparasse. – Ela já era faz tempo. Mas não posso vê-lo ir embora e deixar essa mulher se destruir e, junto com ela, aquela menina que está lá no quarto, escondendo-se do bicho-papão debaixo das cobertas, sem ter noção que o monstro de verdade é o próprio pai.

Renato abriu a boca para dizer algo, mas Megami já tinha retomado o fôlego.

— Eu vou mostrar isso no seu maldito emprego, na escola, pra toda a sua família amaldiçoada e na puta que o pariu. E aí quero ver você continuar fazendo pose depois disso. Porque eu sei muito bem que você gosta da sua "reputação", *pai*. E aí quando você estiver sem ela... Ah, aí eu quero ver!

Megami soltou essa última frase num grito estridente e descontrolado, tremendo da cabeça aos pés, o que foi a deixa para Megan alcançar o topo, empurrá-la e assumir o controle. Megami se encolheu, gritando, tropeçando nos próprios pés, mas pela primeira vez em muito tempo Megami estava completamente frágil e Megan agora conhecia exatamente o seu ponto fraco.

Megan enxergou, pelos olhos de Megami, a expressão dura e fria que seu pai lhe dirigia e, por um instante, sentiu a dor daquele olhar penetrando fundo em seu peito. Não, não era seu pai, seu pai de verdade não a odiava, não traía. Seu pai de verdade passara os últimos momentos de sua mãe – *Marina*, sua mãe Marina – ao seu lado, segurando sua mão. Megan não podia esquecer quem era. Aquele lugar a confundia, não era sua vida, era a vida de Megami. E aquele não era seu pai.

— Vá se foder, seu babaca – Megan disse para o homem que era o pai de Megami.

Ela não tinha motivos assim tão diferentes de Megan, afinal. Megami só queria proteger sua família e...

— Fugir.

Megan tinha retornado ao quarto e agora encarava o espelho, o reflexo de Megami, não o seu. A imagem estava borrada, como uma televisão fora de sintonia, e às vezes ela via a si mesma, Megan, refletida, às vezes Megami. Conseguia senti-la gritando e tentando subir de volta, mas dessa vez conseguiu mantê-la lá no fundo.

Porque Megami também tinha suas próprias fraquezas. Ela não era invencível.

Eu não estou fugindo.

— Está sim, Megami. Você está fugindo da sua vida. É horrível, eu sei, mas você precisa continuar aqui, desse lado, enquanto eu continuo do meu.

O que você sabe sobre uma vida horrível, Megan?

— Tanto quanto você. Não vai melhorar, Megami. A minha vida também dói. Você diz que odeia sua mãe, mas na verdade está sofrendo por ela. Como vai conseguir viver sem sua presença, todos os dias, sabendo que jamais irá encontrá-la de novo?

Megami se calou por alguns instantes. O reflexo de Megan se tornou mais nítido.

Eu não vou desistir. Eu vou ter sua vida, Megan.

— Então nós vamos lutar por ela – disse Megan, atravessando o espelho e soltando as mãos frágeis de Megami num precipício de dor.

Capítulo quatorze - especial

Assim que Megan pisou do outro lado do espelho seus joelhos cederam e ela caiu, a cabeça rodopiando até explodir, lágrimas encharcando os olhos ardentes.

Tudo tinha voltado. A dor. *Tanta dor*.

Ela olhou para trás, assustada, com medo que Megami estivesse ali, mas não a sentia mais em sua cabeça. A dor era outra coisa. O tumor, o câncer, eles estavam lá, mas não Megami. O reflexo no espelho era apenas a imagem de uma garota doente e cansada, de olhos fundos e com quase nenhuma esperança.

— Filha! – A porta do quarto se abriu com tanta força que bateu na parede oposta e ricocheteou. Logo, Megan sentiu os braços quentes do pai ao redor de si, acolhendo-a. As lágrimas desceram por seu rosto livremente. Era *ele*. Seu pai, de verdade, e ele ainda a amava.

Essa era a sua história e Megami não lhe tiraria isso. Era melhor morrer por sua vida que viver sem amor.

— Filha, o que foi, está doendo? – ele interrompeu subitamente, observando o espelho. Megan sentiu seus braços fraquejarem e tremerem ao seu redor. Depois de alguns segundos de indecisão, Renato começou a tentar fazê-la se levantar, com o ânimo restaurado. – Vamos, vamos, filha, precisamos sair daqui.

— Eu não quero ir para o hospital de novo!

— Vamos, filha, vamos! Depressa!

Sem forças para lutar, Megan se deixou levar pelos braços agora firmes do pai e só se situou novamente quando ele a sentou no sofá da sala, ajoelhando-se à sua frente, tocando seu rosto. Quando falou, sua voz parecia urgente.

— Filha, o que aconteceu no quarto?

Megan não tinha entendido a pergunta. Era a sua cabeça, a dor estava confundindo tudo.

— Tive dor, só isso, pai, só isso... Não quero ir...

— Filha, nós não vamos para o hospital. Eles não vão poder nos ajudar agora.

Megan ergueu os olhos, espantada, esquecendo-se até da dor

por um momento. Encarou o pai, assustado, mas alerta. Ele não estava brincando.

— Pai?

— Me diz, filha, me conta tudo, pode falar. A verdade, Megan. O que aconteceu no quarto? Foi o espelho?

O espelho.

Ele sabia?

Megan fechou os olhos e sentiu o pai apertar seus ombros com firmeza.

— Megan, me conte... Não faça como sua mãe fez, não fuja. Me conte tudo.

A garota piscou várias vezes, sentindo as lágrimas. O pai não deixava de encará-la, prendendo-a em seu olhar firme.

— O que você sabe, pai?

— Sei que sua mãe atravessava o espelho para uma outra vida. Sei que lá ela conseguia viver sem dor, mas não havia você, só nossa outra filha – ele engasgou. – Nós perdemos uma filha, antes de você nascer, Megan. Nós nunca contamos... Parecia algo só nosso, meu e da sua mãe. O que importa é que sei que ela fez uma escolha. Sei que ela morreu porque não conseguiu se despedir da pessoa mais especial para ela.

Os lábios de Megan tremiam. Renato respirou fundo, suspirou e disse:

— Eu.

*

Megan contou tudo. Não fazia mais sentido esconder a verdade do pai. Ele sabia, tinha vivido o mesmo tormento junto com sua mãe, Marina, mesmo que ela não mencionasse no diário. *Ela estava tentando me deixar fora disso, queria se afastar, mas eu a pressionei, Megan. E talvez por isso ela tenha morrido, porque não quis que eu saísse de sua vida, porque não conseguiu ficar distante.*

Seu pai resolveu o enigma. Sua mãe tinha uma escolha, assim como Megan: morrer nesse mundo ou viver no outro, trocar de lugar com seu reflexo. Mas, ao fazer isso, perderia Megan. E o que Megan perderia?

Ela olhou para o pai carinhoso que apertava seus joelhos e tinha os olhos fixos em seu rosto, cheios de apreensão, mas também de amor.

Ela não poderia perdê-lo. Não poderia perder o amor de Renato, nem o amor de Mina, que dormia naquele instante, sem saber o que acontecia na sala, sem saber o quanto aquela conversa também poderia afetá-la.

— Mas há uma terceira opção, Megan – disse Renato, pressuroso. – Deveria ter sido essa a escolha de sua mãe, mas ela simplesmente... – ele engasgou, desviando o olhar, sem conseguir mais encarar a filha. – Ela não conseguiu me tirar da sua vida.

Após alguns minutos, Renato finalmente se virou para Megan e, dessa vez, tocou seu rosto com ambas as mãos. Megan teve medo do que ele iria pedir, então disparou:

— Eu também não vou conseguir tirá-lo da minha vida, pai.

Renato meneou a cabeça de um lado para o outro, pesaroso.

— Não, filha, não sou eu dessa vez, é outra pessoa. A pessoa que é mais especial para você, de quem você vai sentir falta para sempre. Você sabe quem é, Megan, você sabe muito bem.

Dessa vez foi ela que engasgou. Um embargo subiu por seu estômago, alojando-se na garganta e escorrendo por seus olhos. O gosto era amargo. Ela levou as mãos ao rosto, não conseguindo mais segurar os soluços que traduziam aquela dor, maior que as outras. *Ela iria perdê-lo, de vez.* Sempre, sempre pareceu pressentir isso, mas era muito diferente quando o medo se tornava real, tão palpável quanto as lágrimas que molhavam suas mãos.

— Eu não posso fazer isso, pai! – Megan explodiu num grito desesperado, arrancando as mãos do rosto e encarando-o. Ele precisava entender. Tinha que haver outra saída. – EU NÃO VOU PERDÊ-LO!

— Você precisa, filha. Precisa tirar Daniel de sua vida – seu pai colocou em palavras aquele pensamento horrível, apertando os ombros de Megan com tanta força que chegavam a doer. Ela gemeu, mas não era por isso, era aquela outra dor que apertava seu peito. – Se você não fizer isso, todos nós vamos perdê-la, como aconteceu com sua mãe...

— E por que a gente simplesmente não tira essa merda de espelho da parede?! – Megan retrucou, cuspindo as palavras. Precisava culpar alguém, *precisava*, precisava transferir aquela dor. – Por que a gente simplesmente não sai daqui, você queria tanto se mudar! Por que a gente não fez isso antes? Por quê?

Renato suspirou, os ombros caídos. Parecia perdido e isso era assustador.

— Não adianta, filha. Eu pensei que adiantaria, mas... Quando tudo isso começou, Megan? Foi quando a gente tentou se mudar, não foi? – Megan engoliu em seco, de repente sentindo frio, muito frio, e não tinha nada a ver com o tempo. Ela não precisou responder, seu pai entendera perfeitamente. – Você vê? O espelho perseguiria você ou Mina onde quer que estivéssemos. Aconteceu com sua mãe e com a mãe dela... É tão hereditário quanto o câncer... – ele ergueu os olhos. – Talvez *seja* o câncer.

Megan reviu em sua cabeça os cacos de vidro se realinhando, os pedacinhos brilhando como pó de contos de fadas no ar, voltando, formando novamente o espelho.

— Você quer dizer... que isso é o câncer, que está tudo na minha cabeça?

Renato deu de ombros, desolado.

— Quem sabe, filha? Pode ser, pode não ser, quem determina o que é real e o que é imaginação? Só porque está na sua cabeça e porque estava na cabeça de sua mãe... não quer dizer que não seja real. – Renato apertou novamente seus ombros, com ainda mais força. – Eu só sei que se houver qualquer coisa que possa ser feita para salvá-la, filha... para que você não parta como sua mãe... nós temos que fazer! Não posso perdê-la, Megan. Você não pode deixar a gente, filha, não como sua mãe...

A garota abaixou os olhos, incapaz de continuar com tudo aquilo. Agora ela finalmente compreendia a escolha de sua mãe. Simplesmente acabar com a dor, não fazer aquela escolha. Desistir.

— Você tem que fazer, filha. Tem que tirar Daniel da sua vida – disse seu pai de um lugar muito, muito distante.

Megan queria tapar os ouvidos para não escutar, mas não adiantaria, a voz dele estava por toda parte, especialmente dentro dela, em sua consciência. Ela já sabia o tempo todo que era aquela a resposta que tanto procurava, apenas não queria encontrá-la.

— Mas não pode ser aqui, Megan – a voz dele penetrava em seu cérebro como uma faca afiada. – Precisa ser do outro lado.

*

A areia estava fofa e quente sob os pés de Megan. Os dedos abriam e fechavam, a areia pinicava entre eles. Megan esfregou o pé direito no chão, levantando a areia fofa e alcançando a mais fria, aquela que é escura, dura e fica abaixo da superfície quente.

Sempre há algo mais frio, escuro e duro dentro da gente. Debaixo da pele, escondido no coração. Está lá. Sempre. Apenas oculto.

— Você está tentando cavar até a China, cabeça de gelatina de uva?

Megan se virou para encarar Daniel. Um sorriso bordado em tristeza invadiu os lábios da garota. Eles estavam sentados no meio-fio do calçadão da praia, os pés afundados na areia. Seu pai e Mina tinham construído um castelo a alguns metros dali, mas Megan capturava algumas vezes o olhar atento de Renato sobre si. Ela insistiu que não poderia desistir de Daniel do outro lado sem falar primeiro com ele deste lado. Mesmo que fosse uma despedida. Mesmo que fosse doloroso.

— Por que "gelatina de uva", esperto?

— Porque tu tá toda mole ultimamente. Parece que vai se desmantelar.

Megan riu. Só Daniel para falar da merda de uma doença terminal daquele jeito. Ela cavou um pouco mais com os pés, penetrando com a ponta dos dedos a areia dura e fria. Precisava chegar ao fundo.

O braço direito de Daniel se enroscou sobre seus ombros, seus dedos tocando seu rosto, seu cheiro muito próximo. Megan estremeceu por inteiro e se virou, assustada. O rosto de Daniel estava a apenas alguns centímetros do seu e seu olhar... Ah, havia algo ali. Ele pressentia. Conhecia Megan como ninguém.

— Que bom que você conseguiu sair da cama hoje, Meg. É muito bom estar aqui na praia com você.

Ele apertou seu ombro, puxando-a mais para si em um abraço. Megan não se esquivou dessa vez. Se soubesse que teria que tomar essa decisão horrível jamais teria fugido de Daniel. As coisas não eram complicadas, fora ela quem tinha complicado tudo. Ela deitou a cabeça no ombro do amigo, apreciando o jeito como se encaixava perfeitamente ali e como aquele era o melhor lugar para estar. Daniel encostou a própria cabeça no topo dos cabelos da garota. Megan poderia ficar ali para sempre.

O dia estava claro e ensolarado. A praia estava movimentada e até o mar, geralmente escuro em Santos, parecia mais límpido, azul e brilhante. Havia casais de mãos dadas sentados em cadeiras de alumínio, debaixo dos guarda-sóis coloridos. Duas redes estavam montadas na areia e alguns amigos jogavam futevôlei com energia. Crianças corriam atrás umas das outras ou das bolas de futebol, e alguns pais ensinavam os filhos e filhas a empinar pipa.

Tocava Charlie Brown Jr. em um dos carrinhos de pastel estacionados na areia. O ar tinha cheiro de sol, maresia e milho quente com manteiga derretida.

Talvez Megan pudesse continuar a ter tudo isso, mas aquela também poderia ser a última vez que deitaria a cabeça no ombro de Daniel e sentiria o calor do seu corpo, seu braço carinhoso ao redor do seu corpo agora fino demais.

Eles permaneceram em silêncio, apenas observando aquele domingo incrível. Era como se Daniel soubesse também que era o fim, a última vez. Ele apertava Megan tão firme, tão apertado e sem medo de quebrá-la, que ela teve a certeza que ele sabia que algo ruim estava para acontecer. Eles conversaram em silêncio, por tantos minutos, que Megan se perdeu naquela cena. Não queria que terminasse. Não queria dizer as palavras que encerrariam tudo.

Mas *precisava*. Precisava falar, precisava se despedir. Precisava que Daniel entendesse. Precisava que ele a fizesse entender que era a decisão certa, porque não tinha certeza, talvez jamais tivesse.

— Você esteve do outro lado, Megan? – Daniel perguntou de repente. O estômago da garota afundou.

— Sim...

— O que aconteceu dessa vez? Você tá diferente.

Megan respirou fundo e começou a falar. As palavras jorraram, como em uma confissão. Aliviava, mas também doía. Falou tudo, até que estava com medo de ter enlouquecido, de tudo isso estar realmente – como Daniel sugerira tantas vezes – apenas em sua cabeça. Mas quando ela falou de seu pai e de como ele sabia o que estava acontecendo, Daniel esgueirou sua mão sobre a coxa de Megan, procurando, até que apertou a mão da garota, entrelaçando os dedos nos dela, um aperto que significava tudo: a amizade deles, uma vida inteira lado a lado e tudo o que poderiam ter sido.

— E então... – a boca de Megan estava seca, mas as palavras continuavam a jorrar e jorrar. Só que agora, subitamente, as coisas tinham ficado bem mais difíceis. Era o fim. Logo não haveria mais história, e então não haveria mais Daniel e Megan. Eles teriam que se despedir. – Ele disse que é o único jeito, e eu sei... sei que é, porque li no diário da minha mãe, ela não quis fazer, mas eu... o que eu faço, Daniel?

Megan desencaixou-se do abraço, finalmente encarando-o nos olhos. Foi só então que percebeu que havia lágrimas brilhantes nos olhos de Daniel. Ele brincou com o lenço roxo que ela usava (o primeiro que seu pai lhe dera; acabou que tinha se tornado seu favorito), enrolando-o entre os dedos como se fosse o cabelo dela, sorrindo tristemente ao observar o tecido entre os dedos. Daniel continuou sem dizer nada. O silêncio estava matando Megan.

— Eu queria que tivessem guardado uma mecha do seu cabelo naquela maldita cirurgia – ele disse de repente, observando o mar. – Pelo menos eu teria uma lembrança.

Ouvir aquilo doía. As palavras de Daniel estavam inundadas de melancolia. Ela mexeu na correntinha que ele lhe dera de aniversário, ultimamente fazia isso sem se dar conta; fora o último presente de Daniel para ela e tocá-lo dava sensação de que ele estava próximo a Megan. Ela também precisava dar algo a ele, algo que ele pudesse olhar e tocar e assim ficar perto dela. Megan desfez o nó na cabeça e tirou o lenço. Sabia que o pai ia reclamar dali a pouco (*"você não pode ficar pegando sol na cabeça"*), mas que diferença aquilo fazia agora? O que fazia diferença, de verdade, era o gesto. Algumas coisas eram mais importantes.

Ela entregou o lenço a Daniel, que arregalou os olhos, espantado.

— Meg...

— Eu não quero ir embora, Dan – ela retrucou. – Mas também não quero te deixar. Deixar tudo que a gente viveu juntos...

— E tudo que a gente poderia viver... – ele completou num sussurro, acariciando o lenço, perdido em pensamentos.

— É! Como posso deixar tudo isso? – Megan puxou as mãos dele para si, apertando-as. Daniel levantou os olhos para encará-la. – Não posso.

Como resposta, Daniel apertou as mãos de Megan, tão forte que chegou a doer.

— Pode sim, Meg. E vai fazer.

— Não... – a voz saiu estrangulada, ferida, assim como ela se sentia. Como ele podia estar aceitando assim tão fácil? Ela não podia, não conseguia seguir em frente...

— Pode, Meg – a voz dele tremia, mas ele continuou falando. – Você pode fazer isso sim, porque isso significa que você vai continuar *viva*. E no momento não consigo pensar em mais nada que importe.

— Mas... Mas e depois? Nós nunca vamos ter nos conhecido? Não seremos mais amigos? Você não vai mais lembrar de mim? Ou... ou... – ela não queria dizer, não queria pensar naquela possibilidade. – E se *você* não existir mais? Eu não sei o que vai acontecer...

— Megan, me escuta. Megan... Você é a pessoa mais especial na minha vida, eu...

— Não, Daniel! Eu não posso fazer isso! Não vou, eu prefiro mor-

Mas antes que Megan completasse a palavra, Daniel encostou os lábios nos seus e tudo sumiu. Os sons, os cheiros, a areia, o ar. Só havia as mãos entrelaçadas dos dois, os dedos de Daniel tocando seu rosto, os lábios dele quentes, quentes como um domingo de verão com gosto de saudade.

Era muito diferente daquele beijo que tinha acontecido do outro lado. Para começar, *era real*. Ela era Megan e aquele era Daniel, *o seu Daniel*. Havia o gosto dele em sua boca, o cheiro dele e o seu próprio coração rodopiando, cada vez mais rápido, numa incrível montanha russa, trazendo todas as lembranças, todos os sorrisos e risadas, todas as vezes que Daniel esteve lá por Megan e Megan esteve por Daniel. Eles eram amigos de uma vida inteira. Eles seriam amigos por toda uma vida. Como poderia acabar assim? Quem sabe o que aconteceria no dia seguinte?

Quem pode prever o fim de todas as coisas, o final de cada história?

Não era o fim.

Simplesmente não podia ser.

*

Na ponta dos pés, Megan se aproximou da sala e espiou do corredor. Lá estava seu pai, sentado no sofá com um braço estendido sobre o encosto, abraçando alguém invisível. Na outra mão, um cigarro queimava lentamente. Ele não fumava, apenas deixava o cigarro aceso. Renato fumara por muitos anos, mas isso acabou quando a mãe de Megan adoeceu. Ele largou o cigarro definitivamente, mas a garota sabia que ele sempre mantinha um maço escondido para quando estava triste, e então ele o encostava nos lábios, acendia, tragava uma única vez, para então deixá-lo queimar.

Megan não tinha certeza se o pai sabia que ela conhecia esse costume seu, mas, além do ritual com o cigarro, ele também ligava baixinho o som, e a música era sempre a mesma: *Crazy*, de Julio Iglesias. Era a música preferida de sua mãe. Megan não precisava ler pensamentos para saber que seu pai estava pensando nela naquele instante.

A garota ficou onde estava, silenciosa, sem conseguir desgrudar os olhos do pai. Havia uma melancolia naquela cena que ela entendia mais do que bem.

Dizem que o tempo cura tudo. Não é bem assim. O tempo cura o luto; você volta a viver, segue um dia atrás do outro e a vida o distrai da dor. Você não pensa mais todo dia naquela pessoa, não sente a ardência da saudade a cada minuto, como nos primeiros dias, meses. Mas essa dor ainda está lá, guardada em um canto do coração, e ela tem o costume cruel de surgir quando menos se espera. Nas coisas mais simples, mais tolas.

Houve um dia, quando Megan e Daniel estavam dando uma volta no shopping, e Daniel insistiu para entrarem na livraria (ele sempre fazia isso, claro). O problema era que aquele dia Megan estava faminta e a droga da livraria era bem ao lado da praça de alimentação, o que faz com que você folheie os livros sentindo o aroma de hambúrgueres e pratos quentinhos. Uma tortura. Mas, apesar de Daniel ser um guloso incorrigível, naquele dia ele não desistiu dos livros.

Enquanto ele vasculhava a estante de fantasia histórica, Megan vagou pela livraria pensando em sushi, batata frita e lasanha, até que se deparou com um livro cujo título chamou sua atenção. Era de um autor que ela não conhecia, Carlos Ruiz Zafón, e o nome do romance era...

Marina.

Só isso já a fez engasgar. Ela não entendia por quê, já tinha superado esses momentos, não tinha? Na época já tinham se passado três anos da morte de sua mãe, era tempo suficiente para ela não ter mais uma crise de choro em público, certo?

Aparentemente não era bem assim que as coisas funcionavam. Megan sentiu um aperto no peito e a conhecida sensação de algo quente e pegajoso subindo pela garganta. Ela não podia fazer isso, não podia! *Largue o livro, largue!* Não conseguia. As mãos tremiam, mas ela não conseguia se desfazer dele. Foi nesse momento que Daniel se aproximou, todo animado, falando e mostrando um livro de capa amarela com o título *O Andarilho das Sombras*. Todo aquele entusiasmo do amigo, no entanto, logo evaporou.

— Meg... Você tá chorando.

Ela levou a mão ao rosto, sentindo as lágrimas. Nem tinha percebido que elas já tinham caído. Fizera tanta força para não chorar. Não precisava mais daquilo, não como precisara quase todos os dias logo após a partida da mãe. Mas a verdade é que a gente precisa sim de vez em quando derramar a tristeza através dos olhos.

Daniel a levou para um lugar calmo, onde Megan chorou em

seu peito por vários minutos, até que ele se ofereceu para pagar a comida e a garota se esqueceu por um tempo daquele sentimento que torcia seu peito. No dia seguinte, porém, foi sozinha de bicicleta até o shopping e comprou o livro. Ele ainda estava escondido na sua terceira gaveta, debaixo das camisetas. Não tivera coragem de lê-lo, de ver o nome "Marina" impresso várias vezes no papel, mas de vez em quando ainda o resgatava do meio das roupas, só para relembrar como era o nome da mãe escrito.

Agora essa lembrança e todas as que ela tinha com Daniel também doeriam.

Morrer era uma forma de egoísmo. Megan nunca dizia esse pensamento em voz alta, porque as pessoas não gostam de ouvir nada ruim sobre os mortos, mas ela sempre pensara dessa maneira. Só que agora, olhando para o pai, lembrando da mãe, ela percebeu que sua mãe não fora egoísta. Ela pode tê-los deixado, mas a alternativa era Renato fora de suas vidas, e ela não conseguiu negar o pai às filhas.

Foi nesse momento que Megan percebeu que se morresse, se permitisse isso, venceria Megami, mas perderia do mesmo jeito. E seria egoísta. Ela poderia perder Daniel, mas ainda tinha sua família. Daniel era seu melhor amigo, o garoto que ela aprendera a amar, mas só ela, Megan, sentiria essa perda. E ainda havia seu pai e Mina, ela não poderia deixá-los. Não poderia negar a si mesma para os dois.

Tomando uma decisão, Megan se afastou, ouvindo os últimos sons do piano na música, e esgueirou-se pelo quarto dos pais. Lá estava o espelho e, do outro lado, Megami: igualzinha a ela, a sua imagem, mas ao contrário, inversa.

— Você voltou.

Megan não respondeu, apenas respirou fundo e tocou a superfície do vidro do espelho, que se liquefez, como quando ela tocava a superfície da água do mar.

Era a hora de acertar as contas.

Capítulo Quinze – O lugar ao qual pertencemos

Cruzar o espelho era como mergulhar em água fria.

Quando abriu os olhos, Megan não viu o quarto ao contrário como sempre, mas um lugar escuro e frio, um oceano de águas densas e turvas. Megami estava do outro lado, encarando-a de frente, o queixo erguido, orgulhosa apesar do cabelo desgrenhado, mechas que flutuavam ao seu redor como se pertencessem a uma sereia maligna, e dos óbvios olhos vermelhos de tanto chorar.

Megan sabia onde estava, não precisava de explicações dessa vez. Ela conseguia deduzir. Estava no limite entre a sua mente e a de Megami, *dentro do espelho*, cruzando o limiar de quem era e de quem poderia ser.

Exceto que ela sabia muito bem quem queria ser. E a resposta, finalmente, era *ela mesma*.

Megami cerrou ambos os punhos.

— Acho que essa será a última vez que você vai atravessar para esse lado. Você tomou uma decisão, certo, Megan? Da próxima vez alguém vai atravessar para o lado de lá, mas talvez não seja você.

— Eu só vim resolver as coisas, Megami, e vou voltar. O meu lugar é do outro lado, assim como o seu lugar é aqui.

Megami mordeu os lábios. Suas mãos tremiam. Megan, por sua vez, enchia-se de coragem. Ela sabia o que fazer, sabia que *precisava* fazê-lo. Megami não iria impedi-la. Megan era mais forte.

— Você acha que sabe tudo, mas não sabe, Megan. Você não entendeu nada. De tudo que você viu...

— Eu entendi, Megami. Entendi muito bem. E justamente por isso seu lugar é aqui. Você ama essa família, assim como eu amo a minha.

— Não!

— Sim! Você ama todos eles, mesmo com toda essa merda que está acontecendo. Você ama até sua mãe, que foi uma covarde, sim, você tem a sua razão, Megami! Mas você ainda a ama ou não estaria desse jeito!

Megami afrouxou os punhos, pela primeira vez olhando para si mesma. Apenas um fantasma de quem era, assim como Megan era um fantasma do que um dia fora. Elas mudaram, dos dois lados, e não importava o que acontecesse, seriam pessoas diferentes do que eram antes, talvez mais parecidas do que gostariam de admitir.

— Cale a boca! – Megami gritou, avançando, pegando Megan de surpresa e empurrando-a contra algo sólido e frio, muito frio. Houve um baque surdo quando Megan sentiu a vibração às suas costas e soube: era o espelho. Era a realidade de Megami e ela queria forçá-la a viver nela. – Você não sabe de nada! Eu não quero mais essa vida, eu quero —

— Você pode ter um novo começo aqui mesmo, Megami! Não precisa de mim para isso, nunca precisou! Aqui é o seu lugar!

Megami pressionava as mãos contra o pescoço de Megan, afogando-a, os pulmões travando rapidamente. A superfície começou a se dissolver atrás de Megan, gelando suas costas, envolvendo-a...

— Você nunca vai conseguir viver sem sua mãe, Megami, não como eu tive que viver sem a minha! – ela reuniu todas suas forças para falar, a voz sumindo na garganta, bolhas de ar se formando na água turva. Mas ela precisava botar tudo pra fora, toda a verdade que a outra não queria ouvir. – *Você vai morrer sem ela!*

Megami soltou Megan bruscamente, cambaleando para trás, tropeçando, caindo de costas no chão. Megan perdera o fôlego, como se tivesse pedalado o dia inteiro, mas tudo o que tinha feito fora apenas dizer o que sentia. Há anos Megan convivia, *sobrevivia* ao fato de que sua mãe estava morta, perdida para sempre. Mas Megami... Tinha certeza de que Megami não suportaria essa vida. Se a indiferença e a covardia de sua mãe doíam tanto a ponto de Megami querer viver a vida de outra pessoa, como poderia viver completamente sem a mãe? Convivendo com a ausência ardente a cada dia, a cada minuto?

Megan caminhou até a outra garota, ajoelhando-se no chão à sua frente. Ela sentia que Megami finalmente compreendia agora. As duas eram incompletas, quebradas. Megami jamais teria seu pai, assim como Megan jamais teria a mãe de volta. Megami precisava da mãe como precisava do próprio ar, e Megan não conseguia suportar viver sem o pai. Ela amava Daniel, mas preferia perdê-lo ante a perspectiva de deixar o pai sozinho. E as duas amavam Mina. Apesar das rachaduras entre elas, em ambos os lados, ainda havia amor para remendar tudo. Nada mais seria o mesmo, mas havia algo novo, algo indefinido, que elas poderiam cultivar e descobrir.

As mãos de Megami eram iguais às suas. Ela não recuou quando Megan segurou-as. Estavam geladas e trêmulas. Os olhos de Megami denunciavam o quão assustada ela estava com as palavras duras de Megan.

Era pior porque ela sabia que eram verdades.

— Você entende agora por que precisa ficar? Você precisa dela, Megami, tanto quanto ela precisa de você. E eu não posso deixar meu pai, preciso dele e ele de mim. Os dois são tudo que a gente tem agora.

Megami apertou de volta as mãos de Megan e encarou-a com lágrimas contidas borrando seus olhos. Parecia exausta, derrotada. Megan se lembraria daquele olhar e daquelas palavras para sempre.

— Então faça o que precisa fazer de uma vez, Megan. Faça depressa antes que eu mude de ideia. Porque depois disso, nós duas teremos que enfrentar nossas próprias vidas. Sozinhas.

*

Daniel estava tão longe.

Megan o observou sentado na primeira carteira da fileira da janela, aquela mesma que ele sempre ocupara. A cadeira atrás dele estava vazia, *o seu lugar*. Não, não era mais o seu lugar, nem nessa vida, nem na sua. Quando ela cruzasse o espelho de novo, Daniel não seria mais seu amigo. Tudo seria diferente.

Ela não conseguia ouvir o que as colegas diziam e pouco importava. Tampouco prestava atenção às aulas. A professora de história falava sobre o golpe de 1964, mas tudo o que Megan conseguia pensar era que Daniel, *o seu Daniel*, lhe daria uma sonora bronca por não prestar atenção, mas logo depois emprestaria todas as anotações para Megan copiar. Claro que ela precisaria honrar a dívida pagando um cachorro quente no quiosque da praia, aquele do canal 6, o preferido de Daniel. Ele ofereceria a segunda mordida a Megan e depois engoliria tudo quase de uma vez, arrotaria em alto e bom som e então diria que ainda estava com fome.

Megan sorriu apenas para se lembrar que aquilo existiria apenas na sua cabeça agora, jamais aconteceria novamente, jamais sequer teria acontecido. Será que ela se lembraria de tudo quando cruzasse o espelho? Será que ao menos teria esse consolo? Doeria, mas ela não queria esquecer. Como poderia esquecê-lo?

As aulas passaram assustadoramente depressa, exatamente o

que Megan não queria. Ela passou o intervalo escondida no banheiro, sentada no vaso sanitário, as pernas na porta, a cabeça entre as mãos. Como poderia afastá-lo? Como poderia convencê-lo a sair da sua vida? Ela quase quis pedir ajuda, até mesmo a Megami, que estava escondida em alguma parte do seu cérebro, apenas esperando, esperando que Megan resolvesse tudo. *Um dia*, ela tinha dito. *Um dia é tudo o que você tem, depois suma da minha vida.*

Ela tinha que encerrar aquilo. *Precisa ser do outro lado,* seu pai dissera. Não havia outro jeito. Se ela cruzasse o espelho agora, se desistisse... Tudo o que encontraria do outro lado seria um ponto final seco, escrito pela morte.

Quando Megan se deu conta, a manhã tinha terminado. Ela caminhava sem pressa, com o coração aos saltos, pelo mar de alunos no pátio. Os sons pareciam distantes, como se estivesse debaixo d´água. Era como se afogar. Ela seguiu Daniel pelo portão, observando cada centímetro dele, memorizando sua imagem, todos os detalhes. *O beijo foi real, lembre-se disso, não esqueça nem por um segundo.*

Daniel caminhava alguns metros à sua frente, também sem pressa, brincando com as chaves da trava da bicicleta entre os dedos. Megan observou de longe o garoto destravá-la de um poste. Ele estava indo embora. Ela não conseguia fazer aquilo, era demais! Quando Daniel empurrou a bicicleta e fez menção de subir nela, Megan percebeu que estava morta.

Mas então Daniel se virou e a encarou.

— Isso é esquisito, sabe? Você, me seguindo desse jeito.

Megan não conseguia se mexer. Seu corpo inteiro tornara-se pedra. Daniel sorriu e aproximou-se, empurrando a bicicleta.

— Tu passou o dia me evitando e agora fica me seguindo, é? Aliás, dias. Aliás, você tá estranha e não é de hoje nem de ontem, Meg. Você não veio aqui me dizer que só quer dar uma volta de bike junto comigo, você não faz isso há eras! Desembucha logo e pronto.

Era aquilo. Era aquele momento. Daniel tinha entregado tudo de bandeja. Talvez Megami tenha facilitado as coisas, afinal. Megan a sentiu se revirando, levantando-se em sua mente. *O que você está fazendo, Megan? Não se atreva. Não ouse!*

Será que Megami poderia consertar sua amizade com Daniel naquela vida depois do que Megan estava prestes a fazer? Megami não era má, nem de longe. Só era mais fácil pensar daquele jeito. Difícil era colocar as coisas em perspectiva, perceber que elas não eram tão diferentes assim. Megami só tinha outros objetivos, outros problemas, outro jeito de ser. Megan também não era a pessoa mais perfeita do mundo. Nós somos heróis da própria história, mas isso não significa que os outros são vilões; eles têm suas próprias histórias para viver.

A verdade é que Megami era tão confusa e perdida quanto Megan, e todas as coisas horríveis que estavam acontecendo em sua casa, com sua família, só a fizeram se afastar das pessoas que ela mais amava, especialmente Daniel. Ela procurava atenção onde não devia. Ela não precisava daquelas amigas fúteis, ela tinha Daniel, mas não o valorizara como deveria por pura infantilidade. Esse fora seu erro. Mas ela não podia ser condenada por um erro, podia? Ela poderia consertar as coisas.

Exceto que disso dependia a vida de Megan. Megami não poderia consertar as coisas com Daniel. Ele tinha que sair de sua vida, assim como da Megan, para que ela pudesse sobreviver. Era o equilíbrio dos dois mundos, como a própria Megami tinha dito uma vez.

Megan não estava apenas excluindo Daniel da sua vida, mas removendo-o da vida de Megami também.

Sinto muito, Megami...

Não se atreva! Não, Megan! Não faça isso! Eu posso dar um jeito, eu posso...

É a única saída.

As palavras doeram ao saírem dos lábios de Megami, comandadas pela razão de Megan, não pelo coração.

— Daniel, a gente tem que parar de fingir que ainda somos amigos.

Foi como se ele levasse um tapa. Talvez um tapa tivesse sido menos doloroso, para ambos.

— Que que é? Peraí, Meg, o que você tá falando?

Pare! Pare com isso agora, Megan!

Megami estava retornando, subindo à superfície. Megan fechou os olhos com força. Era agora, não podia perder tempo.

— Faz muito tempo que já não somos a mesma coisa, Daniel. Chega de fingimento! A nossa amizade morreu e faz tempo, não vamos conseguir trazê-la de volta, nunca mais.

A bicicleta caiu das mãos de Daniel, tombando barulhenta no asfalto. Ele não pareceu se importar. Encarava Megan com os olhos turvos e magoados.

— Quer saber? Você tem razão, Meg... Megami. Tem toda a razão do universo! Só eu, o completo idiota, estava achando que você poderia um dia voltar a ser a mesma, que poderia voltar a ser a minha amiga de antes, que poderia me... Esquece!

Megami caiu de joelhos no escuro. *Por quê? Por que você fez isso, Megan? Por que está tirando o pouco que eu tenho? Está me punindo? É isso? Eu poderia... Poderia consertar as coisas com Daniel! Você disse que eu poderia consertar tudo, Megan!*

Daniel deu uma volta completa, levando as mãos nervosas ao rosto, apertando, esfregando, totalmente perdido.

— Você tava brincando comigo todo esse tempo? Aquele dia na festa, claro... E tudo, tudo que você fez! Eu deveria ter notado, né? Mas eu fico aqui, sendo um estúpido, atrapalhando sua vida, o perfeito *nerd* idiota... Só esperando algo que nunca vai chegar! Eu envergonho você, Megami?

Não!

— Sim – Megan respondeu, vazia. – Nós somos de mundos diferentes, Daniel. Você não vê? Eu... eu tenho outros amigos agora, e você deveria fazer o mesmo. Não dá pra você viver no mesmo mundo que eu.

Daniel permaneceu em silêncio por vários minutos, atordoado. Aquilo acabava com Megan.

Você pode fazer isso sim, porque isso significa que você vai continuar viva. E no momento não consigo pensar em mais nada que importe.

O beijo... fora real.

E aquele instante também.

Tudo estava desmoronando.

Megan... você é a pessoa mais especial na minha vida.

Você também, Daniel, Megan quis dizer, mas engoliu as palavras. Iria engoli-las para sempre a partir de agora, até o fim da sua vida.

— Amizades acabam, Daniel – ela se forçou a falar. Ajeitou a bolsa no ombro, endireitou-se, apertou com força o fichário. As mãos tremiam, as pernas bambeavam. Era aquilo. Era o fim. A última vez que Daniel olharia em seus olhos. – A nossa amizade acaba aqui.

*

Você acabou comigo, Megan.

Megami a encarava, acusadora, no espelho do elevador. Os números dos andares pareciam passar em câmera lenta. 1... 2... 3...

Eles se arrastavam, enquanto Megan encarava sua imagem. Ou, quem sabe, ela fosse a imagem de Megami o tempo inteiro. E lá estava ela, tirando um pedaço da esperança daquela garota, de uma vez por todas.

— Eu precisava fazer isso, Megami. Sinto muito... sinto mesmo.

Por quê? Megami socou o vidro do espelho. *A gente poderia voltar a se dar bem, eu sei, sei que o tratei mal, mas agora você acabou com tudo, Megan! Ele nunca mais vai olhar na minha cara, nunca!*

— Se eu não fizesse isso, Megami... Se eu não fizesse isso... – Megan sentiu as lágrimas voltando, as mesmas que ela derrubara por todo o caminho de volta para casa, as mesmas que lavaram o rosto emprestado de Megami. Ela sentiu falta de sua vida, de seu corpo, de chorar suas próprias lágrimas. Precisava voltar. Agora estava acabado e ela precisava voltar.

Você ia morrer.

Megan assentiu devagar, envergonhada. Ela era egoísta, no final de tudo. Seria de qualquer maneira. Não era só tirar Daniel de sua vida. Ela não machucara apenas a si mesma.

O elevador finalmente chegou ao andar. As portas se abriram atrás de Megan, atrás de Megami no reflexo do espelho. As duas se encararam, separadas pelo espelho, mas mesmo assim, juntas, compartilhando a mesma dor.

— Desculpe – Megan murmurou, deixando o elevador.

Quando abriu a porta, encontrou Marisa sentada na mesa da cozinha. Lágrimas desciam por seu rosto, silenciosas. Revirava o conteúdo de uma caixa – a caixa secreta de Megami. Trêmula, empilhava fotos e objetos, encarando-os por longos e tortuosos minutos.

O coração de Megan ficou apertado. Ali estava a imagem da sua mãe, e ela conseguia enxergar Marina ali, de alguma maneira. Um dia sua mãe tinha enfrentado a decisão de abandonar seu pai, e era exatamente isso que a mãe de Megami estava fazendo à sua maneira. Elas também não eram tão diferentes.

Megami estava perdendo o pai.

Assim que Megan atravessasse o espelho, jamais veria novamente o rosto de sua mãe daquele jeito. Tão próximo. Jamais sentiria seu toque novamente. Jamais ouviria sua voz.

Megan perderia sua mãe, para sempre.

Megami estava chorando. Megan sabia que aquilo não

compensaria em nada, mas sabia também que precisava fazê-lo. Por ela e por si mesma.

Megan se aproximou de Marisa. Sentou-se ao seu lado e tirou as fotos de suas mãos trêmulas. Marisa a olhou, perdida, sem reação. Megan não disse nada, não poderia. Apenas abraçou a mãe de Megami com todo o amor que dedicaria à sua e permaneceu ali até que ela chorasse todas as lágrimas que tivesse para chorar.

Megami não disse mais nada, apenas continuou a chorar também.

EPÍLOGO

O sol estava tão quente que o asfalto parecia flutuar alguns centímetros acima da rua, como uma miragem. Estavam na segunda semana de dezembro e o verão já tinha se instalado antes mesmo da data no calendário. Megan perdera uma prova final e por causa disso teria que fazer uma substitutiva no dia 12, quando ninguém mais deveria estar na escola.

Logo dia 12.

— Não dá pra trocar a data? – Megan perguntara à professora. Afinal, a ausência fora nobre: uma consulta inadiável à oncologista. Quem nega um pedido de uma menina com câncer? Mas aquela era a professora de geografia: uma das mais peçonhentas do seu ano. Não, não dava para alterar o dia, *"ninguém tem privilégios na minha aula"*. Ela estava certa, se parasse para pensar, mas é que Megan odiava o dia 12. Odiaria para sempre aquele dia. Fazia cinco anos que sua mãe morrera.

Cinco anos.

Cinco anos era muito tempo, mas parecia ontem, assim como parecia ontem que Megan a tinha abraçado (não, não sua mãe... a mãe de Megami.)

Megami. Era estranho pensar em seu nome, pensar nela, quando o espelho agora refletia apenas a imagem de Megan. Era o que ela queria, não? Livrar-se de Megami. Porém, agora que conseguira, parecia que um pedaço a deixara para sempre.

É claro que esse pedaço doía menos do que a outra grande parte sua que se fora.

Mas o dia 12 ainda não chegara. Era a manhã ensolarada, e Megan caminhava pelo estacionamento da Santa Casa, com seu pai a abraçando e beijando-a a cada cinco segundos, talvez para ter certeza que Megan era real e estava ali de verdade. Ela se pegou sorrindo e então rindo, mesmo que faltasse algo. Mesmo que soubesse exatamente o que faltava.

— Um milagre, filha! – Renato, rindo à toa, gritou para o céu, para o trânsito, para as árvores tristes do estacionamento do hospital. – Só pode ser isso, os médicos não conseguem explicar, você viu a cara dela, Megan? Ela não conseguia dizer como aconteceu, mas regrediu, filha, regrediu! Tão pequeno que nem aparece mais nos exames. Sumiu!

— Mas você viu o que eles disseram, pai... Estou em remissão. Isso significa que vou ter que continuar de olho na minha cabeça.

Para sempre, ela pensou. Para sempre uma sombra em sua vida. E na de Mina também. Os exames, os médicos, a apreensão. Além disso, não era só em sua cabeça que Megan ficaria de olho. Ela jamais se olharia no espelho da mesma maneira. Sempre procuraria os olhos estreitos e acusadores de Megami nos reflexos. Ela continuava lá. Sabia disso. Sentia.

E de alguma maneira estranha, saber disso a confortava.

Mas era difícil não sorrir quando seu pai estava tão feliz. Ele não se lembrava de nada e era até melhor assim, mesmo que fosse triste, mesmo que Megan se sentisse completamente só.

— Um milagre, filha – seu pai repetiu quando os dois entraram no carro que mais parecia um forno depois de duas horas debaixo do sol. – Graças a Deus. Nós temos muito a agradecer.

Megan sabia que não era esse o motivo. Os médicos não conseguiam explicar, mas ela conseguia. A verdade estava lá, apenas nas suas lembranças. Ela se lembraria sempre. Os espelhos não a deixariam esquecer, nunca. Muito menos tudo o que perdera por causa disso.

Seu pai a deixou em casa, prometendo que levaria ela e Mina para dar uma volta de noite e comer o que quisessem na rua. Megan estava em remissão. Ela quase morrera e agora podia, realmente, se curar. Era ou não era motivo para comemorar?

Deveria ser, mas Megan não conseguia tirar aquele vazio do peito. Quando se viu sozinha em casa, correu para o quarto dos pais. O espelho estava lá, claro. Sólido. E havia a sua imagem, não mais Megami, mas ela mesma. Megan tocou a superfície gelada do vidro, mas ele continuava tão sólido quanto antes.

O que ela estava tentando fazer, afinal? Ela não queria voltar. Queria sua vida. Só que sua vida era diferente agora. Faltava uma parte dela, uma parte tão importante que a deixava incompleta.

Não havia mais nada que lembrasse Daniel em seu quarto. Nenhum dos seus livros emprestados, nenhum dos seus presentes, nenhuma foto dos dois pequenos na praia do Guarujá, nada das lembrancinhas de lugares que os dois comeram juntos: não havia o chapéu do rei do hambúrguer ou os brinquedinhos que colecionavam dos lanches infantis. Não havia os copos de papel para café, nem mesmo o guardanapo de pizza onde um dia escreveram seus nomes. Mas ela se lembrava de tudo isso. Tinha existido, em algum lugar, em algum tempo, de alguma maneira. Numa dimensão paralela.

Megan se sentou na beirada da cama, alisando o lençol. Tinha que se concentrar nas coisas boas. Dali a algumas horas buscaria Mina na escola e sua irmãzinha lhe daria o abraço mais apertado do universo quando Megan contasse a novidade que ela e o pai receberam no hospital. Então as duas caminhariam de mãos dadas, especulando onde seu pai as levaria e que sabor de sorvete iriam escolher para sobremesa. Mas Megan sabia que em algum momento olharia para os lados e procuraria a bicicleta de Daniel. E ela também não estaria mais lá, como todo o resto.

Ele ainda existia, é claro. Foi o primeiro rosto que Megan procurou na escola, no dia seguinte após retornar do espelho. Daniel estava vivo, muito vivo, e Megan não coube em si de alívio ao vê-lo. Mas ele também não era mais o mesmo. Vivia cercado de amigos, era popular agora. Isso era bom, não? Megan não sabia dizer. Deveria ser. Mas por que doera tanto quando ela vira Daniel na companhia daquelas pessoas, tão longe? Por que tinha machucado tanto vê-lo rir do jeito que fazia só com ela para outras garotas?

Ela se deitou devagar e sentiu um volume duro debaixo do travesseiro. O diário, claro, ele ainda estava lá, no mesmo lugar. Fora uma das coisas que não mudaram desde que ela tinha voltado. Megan ainda não tivera coragem de abri-lo novamente. Abri-lo significava admitir que sua mãe se fora. Ela já lera quase todo o diário, menos a última página. Era como se despedir. Depois dela, não haveria mais nada da sua mãe. Megan também a perderia para sempre.

Por vários minutos ela acariciou a capa do diário, tocando a mesma superfície que sua mãe tocara um dia. Quem sabe ela tenha abraçado aquele caderno, quem sabe... era *ali*, e não do outro lado do espelho, que vivia o que restava da sua verdadeira mãe.

Marina.

Talvez fosse a hora de ler aquele livro. Talvez... Talvez fosse o certo ler as últimas palavras do diário. Não dá para adiar para sempre a despedida. As pessoas precisam ir embora, enquanto a gente fica e continua nossa vida.

Então faça o que precisa fazer de uma vez, Megan. Porque, depois disso, nós duas teremos que enfrentar nossas próprias vidas.

Megan abriu o diário. Não podia fugir para sempre.

Eram poucas palavras. Muito mais do que Megan suportava ler sem chorar, muito menos do que desejava.

"Me perdoem, minhas filhas. Não consigo. Não consigo perder o pai de vocês, não consigo afastá-lo e saber que tudo o que vivemos um dia juntos não existiria mais.

Ele me deu vocês e como eu poderia viver sem as melhores coisas da minha vida? Sem Renato, sem Megan, sem Mina? Vocês são tudo para mim e por isso não consigo escolher viver porque seria uma vida sem amor.

Fiz minha escolha, mas sei que viverão bem, minhas meninas. Seu pai vai criá-las com todo o amor do mundo que eu sei que ele tem.

E vocês viverão muito para amá-lo de volta. O amor que sinto, por ele e por vocês, mas não pude dar."

Megan fechou o livro.

O clima de final de ano, de ansiedade e despedida, preenchia a escola no dia seguinte. Megan estava sentada na mureta, perto do jardim, com outro livro nas mãos. Era o mesmo livro que Daniel tinha lhe emprestado, exceto que esse não tinha seu nome na primeira folha. Megan o comprara na livraria no dia anterior. As folhas eram brancas, imaculadas, sem as marcas gordurosas dos dedos de Daniel que tanto tinham folheado aquele outro exemplar, o que Megan não terminara de ler.

Os alunos se reuniam em pequenos grupos no pátio, conversando e comparando respostas após mais um dia de provas. Megan permanecia sozinha. Suas mãos tremeram quando ela encontrou quem procurava. Lá estava ele, cercado de amigos, e em certo momento uma garota tocou seu braço esquerdo. Megan prendeu a respiração. Daniel sorriu para a menina. Para a menina, não para ela.

Megan aumentou o volume do celular. *My Chemical Romance* doía em seus ouvidos, *I'm not okay, I'm not okay*, mas era melhor ficar surda com aquele som do que seus pensamentos.

Tinha que desviar o olhar. Aquilo estava acabado, fazia parte de outra vida. Daniel não era mais seu amigo. O beijo deles na praia era real apenas em suas lembranças. Talvez, um dia, ele desvanecesse também, como a areia quando encontra o oceano.

Ela segurou a correntinha em seu pescoço com força; era a última coisa que tinha sobrado de Daniel, e ela não entendia como, já que todo o resto desaparecera. Megan vivia tocando-a, certificando-se que ainda estava ali, que não era um sonho. Talvez, com o tempo, aquilo desaparecesse também.

Ela soltou a correntinha.

Precisava seguir em frente.

Mas, quando Megan finalmente se levantou para ir embora e se despedir mais uma vez de um pedaço da sua vida anterior, Daniel se virou e inconfundivelmente a encarou, olhos nos olhos. Seu coração disparou, doendo dentro do peito. Não tinha como errar, Daniel estava olhando para ela, para Megan. E não era um olhar qualquer. Ela conhecia aquele olhar, aquele jeito. Ele a enxergava e, muito mais do que isso, ele...

Ele a reconhecia.

Daniel sorriu, puxando algo do bolso: era só a ponta, mas Megan reconheceu o tecido roxo do seu lenço. Ele assentiu com a cabeça, apenas um centímetro, mas Megan entendeu muito bem.

Ele se lembrava.

Daquela outra vida. De toda a história. De tudo.

E de Megan.

AGRADECIMENTOS

Inverso e *Reverso* foram escritos juntos, um atrás do outro, mas mesmo assim houve um longo caminho entre o primeiro e o segundo volume. E, entre os dois, muitas pessoas fizeram a diferença.

(Isso quer dizer que, quando vocês leram *Inverso* e queriam desesperadamente a continuação, estavam dizendo que eu era má etc... Bem, a continuação já estava escrita! Isso me faz ainda mais malvada, de certa maneira, acho.)

A primeira pessoa que preciso agradecer é minha mãe. Assim como a mãe de Megan, ela também faleceu por causa de um câncer. Se não fosse por minha mãe, essa história não existiria. Se não fosse por ela, talvez eu não fosse escritora. Afinal, se não fosse por ela, eu não existiria. A permanência de minha mãe nesse mundo e a sua ausência moldaram quem eu sou agora. Existem muitos "ses", e o pior deles é imaginar como seria se ela estivesse aqui para me ver publicando meus livros e fazendo o que amo fazer. De alguma maneira, sei que ela está vendo. Mas isso não muda o fato de que a saudade permanece.

Quando alguém me pergunta se eu me inspiro em pessoas reais para criar personagens, eu digo algo como "é claro, todos têm algum pedacinho de pessoas que encontrei, conheci, convivi, observei. Mas o único que é sempre uma pessoa completa são os pais que escrevo na ficção. Todos são o meu pai". Com o pai de Megan, Renato, a coisa não foi diferente. Renato não é meu pai, mas bem que poderia ser. Ele tem o mesmo grande coração, a responsabilidade, o altruísmo, o companheirismo. Ele é meu melhor amigo. Meu pai é um modelo que sempre vou admirar. Para mim, ele é o próprio significado da palavra pai.

Não tenho uma irmãzinha fofa mais nova, mas tenho uma irmã mais velha maravilhosa que me ensinou, entre tantas coisas, o valor de uma amizade. Sei que, nela, tenho uma melhor amiga para a vida toda. Ela traz todas as coisas boas num único pacote: o amor de uma mãe, a cumplicidade de uma irmã, o exemplo de uma grande mulher e profissional e, claro, a diversão e o laço fiel de uma boa amiga.

Agradeço a várias pessoas que fizeram esse livro possível e o ajudaram a melhorar, com seu olhar crítico, paciência, sabedoria, profissionalismo e amizade. Melissa de Sá, escritora talentosa, que revisa minhas obras há anos e que, além disso, é uma amiga para chamar de irmã. Nivia Fernandes, sempre ponderada, uma amiga querida e dedicada, que me ajuda muito na revisão também. Ana Lúcia Merege, autora experiente, que melhora muito meu texto com seus comentários sempre pertinentes e cheios de sabedoria. Eduardo Kasse, com sua amizade e apoio incondicionais. Erick Sama, meu editor, que me cedeu a oportunidade, a confiança e a honra de publicar na Draco, me leva a eventos maravilhosos e ainda por cima fez a diagramação e as capas lindíssimas de *Inverso* e *Reverso*.

A todos os leitores, blogueiros, *booktubers*, parceiros, colegas escritores e amigos que leram *Inverso*, foram à Bienal e a outros eventos, ou que leram outras das minhas obras e me apoiam na minha carreira. Vocês são muitos, mas todos são especiais, e estou pensando em cada um de vocês enquanto escrevo esses agradecimentos.

Deixei uma pessoa para o final, mas o motivo é porque ele tão importante para mim que não existem palavras para agradecê-lo. Não basta a dedicatória em um livro, precisei dedicar toda a minha carreira a ele e ainda assim não é o suficiente diante de tanto amor, companheirismo e apoio que meu marido me dá. Por isso, o sobrenome que uso em meu pseudônimo é o dele, porque, Felipe, você é muito especial e tudo é dedicado a você. Obrigada, meu amor.

E obrigada a você, por ter lido essa série. Escrevê-la foi uma catarse para mim, me fez evoluir como autora e como pessoa. Espero ter deixado algo bom em seu coração após as linhas finais. Muito obrigada!

série espelho

inverso (livro 1)
reverso (livro 2)

Este livro foi impresso em papel pólen bold na
Renovagraf em maio de 2016.